からさんの家

伽羅の章

小路幸也

徳間書店

イラスト：洵
デザイン：AFTERGLOW

神野まひろ

二十歳。実の両親は離婚。父は再婚したが、新婚旅行中に事故死。再婚相手である義母の妹・神野ひろみの養女になる。高校卒業と義母ひろみの結婚を機に、義祖母の家に住み、彼女のマネージャーをしている。

三原伽羅

七十四歳。〈みはらから〉のペンネームで、文筆家、詩人、画家として、活動するアーティスト。まひろの義母ひろみの結婚相手・三原達明の母。

永沢祐子

五十二歳。十五年来の三原家の住人。ジャズシンガー。スナックのママ。

野洲柊也

二十五歳。三原家の住人。北海道出身。会社員。

ヤマダタロウ

三十七歳。三原家の住人。アーティスト。

水島レイラ

出版社で編集長をしている。新人の頃から三十年近くからさんの担当。

三原駿一

伽羅の兄の息子。刑事。

黒田晋

まひろの実母の再婚相手。建設会社社長。

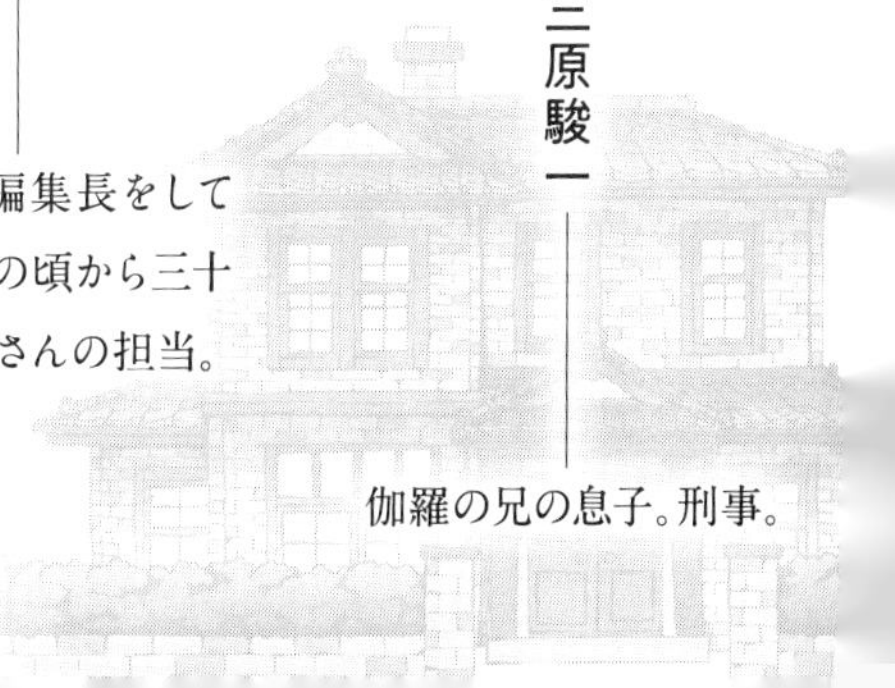

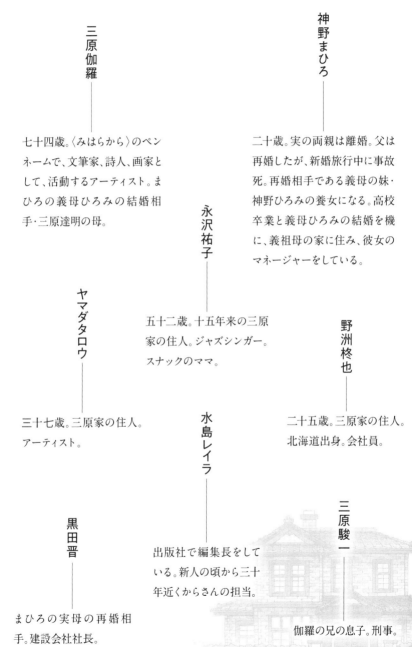

それぞれのこと

春はあけぼの。

『枕草子《まくらのそうし》』を全文読んだのはいつだったかしら。

けっこう大きくなってからだったと思うのだけれども、ところどころでなんかこういろいろ引っ掛かったのは覚えているのよ。

それこそもう最初の文章から。

春はあけぼの、かしらねぇ、って。

春は、夕暮れがいちばん風情《ふぜい》があるような気がしていたの。ずっとね。季節のうつろいというものを感じられるようになってからずっと。たぶん、十五とか十六とかそれぐらいから。

まだ残る冷たさの中にふわっとほのかにあたたかいものがにじんできて、淡い光の中にもそれが感じられて、三歩進んだら身を縮《ちぢ》めてしまうような冬の外の空気が、このまま一駅歩いてもいいかも、って思わせるような柔《やわ》らかいものに変わっていく、変わった頃。

いつの間にか陽《ひ》も長くなってきて、あぁ、冬が終わったんだな、と思う瞬間の心持ちがまたいいのよね。そういう気持ちになれることが、そういう感覚を味わえることが。

春は夕暮れ。

こんな日の、夕暮れよ。

きっと今、外に出たらあの柔らかなものが風の中に混じって漂《ただよ》っている。

午後五時過ぎ。

そしてこの時間って、ずっと集中して仕事をしていると、ふっ、とお腹が空《す》いたかもって感じる頃よ。

だから三時のおやつの時間って本当に素晴らしく考えられていると思うわ。

お昼を食べて、晩ご飯までの間におやつを食べないと、夕方にはとんでもなくお腹が空いてしまうことが多いから。血糖値が下《さ》がってしまってふらついてしまうこともあるからね。まぁ体質もあるんでしょうけれども。

「からさん」

「うん？」

隣から、まひろちゃんの声。

からからと引き戸が開《あ》いて、スマホを持ったままのまひろちゃんが立っている。画面を見ている。

「祐子《ゆうこ》さんから」

「祐子ちゃん？」

「晩ご飯を家で一緒に食べるからよろしくと」

「あら」

どうしたのかしら。

うちでお風呂に入って、とっくにお店に出かけていってそろそろ開店時間にもなるのに。

「戻ってくるってことよね」

「そうですね」

「具合でも悪くなった？」

違うわね。

「そんなわけじゃないわね。ご飯を食べると言うんだから」

「だと思うんですけど。柊也《しゅうや》さんもタロウさんも六時には帰ってくるから、皆でご飯食べるわよ、ってなってます」

二人ともに。

まぁ勤め人の柊也が帰ってきてうちで晩ご飯を食べるのはいつものことなのだけれども、私たちが食べるような時間に帰ってくるのは、いつもより大分《だいぶ》早いわね。

「祐子ちゃんが二人に連絡取って、そうさせたってことかしら」

「たぶん、そうなんでしょうかね」

まひろちゃんが少し笑みを浮かべて、小首を傾《かし》げてる。

「なんでしょうね？」

そういう仕草が、この子はいつまでも可愛《かわい》く感じるのよね。きっとこのまま年を重《かさ》ねていってもそのままなんじゃないかしら。可愛いおばあさんになっていくわ。

「今夜はギョウザだったわよね？　大丈夫？」

「大丈夫です。人数分作ってあるし、余ったら冷凍して明後日《あさって》ぐらいのお昼に二人で食べようってたくさん作ってあります」

うん、って頷《うなず》いた。

「皆、まひろちゃんのギョウザ好きだから」

まひろちゃんが皮から作る手作りギョウザは大人気。皮が分厚くてもちもちしていて、餡《あん》はこれでもかってぐらいに刻んだ野菜の甘みたっぷりで本当に美味《おい》しいのよ。私が今まで食べたどんな名店のギョウザよりも美味しいと感じたぐらいよ。

食べごたえがあってギョウザだけでお腹がふくれてくるから柊也やタロウにはいいんだけど、私はちょっと困るのよね。

ギョウザは白飯と一緒にたっぷり食べたいんだけど、すぐにお腹一杯になっちゃうから、白飯の量を減らさなきゃならないのよ。

いつも悔《くや》しいって思う。

ギョウザのときだけは二十代ぐらいの胃袋が欲しいって。まひろちゃんには言わないけれどね。

気を遣《つか》ってせっかくのギョウザの皮が薄くなっても困るし。

「じゃあ、そろそろ支度《したく》をしますね」

「手伝うことある？　仕事は大丈夫？」

「大丈夫ですよ」

そうよね。

ここに来た最初の頃こそ、私もいろいろ手伝ったりしたけれども、三度のご飯の支度に関してはもうずっとまひろちゃんが一人で全部やってくれていて。

「あ」

「え？」

ひょっとして。

祐子ちゃんが急に戻って来てご飯食べるって言い出したのは、あれかしらね。

今日は。

「そうなのよぉ、気づいちゃったの。そういえば今日だったんだって。今日で丸三年経《た》ったんだって」

まひろちゃんが、この家に来た日。

三年前の三月二十三日。

やっぱりそうだったのね。

「や、でもどうして気づいたの？」

タロウがケーキの箱に掛かっているリボンを気にしながら言う。そのリボン、色合いが素敵よね。ビビッドな色の組み合わせが、タロウが好きそうな色合いだなって思ってたわ。きっと自分で綺麗《きれい》に取り外《はず》して貰《もら》っていくわよ。

「別に去年もその前も話題にならなかったのにさ」

「話は出たよ。去年も」

柊也がちょっと眼を大きくさせながら言う。

「そうだったっけ？」

「過ぎちゃっていたけどね。そういえばまひろちゃんは二十歳《はたち》になるんだから、ここに来て二年が経ったんだねって話したの覚えてる」

そうだった。

もうお酒も皆で飲めるわねって話したけれど、そのときにはまだ誕生日が来ていなくて、後から誕生日祝いをしたわね。

ワインを買って、初めて飲んだワインにすぐに酔ってしまって頬《ほお》を真赤《まっか》にしていたまひろちゃんが本当に可愛かった。

どうやらお酒は弱いみたいだから、外で飲むときには気をつけなさいよねって皆で話していたわ。

「気づいたのは、このケーキよ。お客さんが持ってきてくれてね」

「え、じゃあ祐子さんに持ってきたケーキなんですよね？」

それをわたしのためにって、まひろちゃんが慌《あわ》ててる。あれよね、今大人気になっているお店のフルーツのケーキよね。

「それはいいのよ。頼んでおいたものだし、お金は私が払ったから。で、一応スケジュールに書き込んだの。ケーキ貰ったって。そしたら、あれ今日の日付は何か覚えがあるわって」

「まひろちゃんがうちに来た日じゃない！　ってスケジュール辿《たど》ってわかったのね」

「そうなの。書いておいたのよね」

あの日にまひろちゃんが来たってね。私も書いておいたわ。

家に孫がやってきた！　って。

素直に嬉《うれ》しかったのよね。

息子が遅い結婚をして、血の繋《つな》がりはないけれども孫に当たる女の子がいて、その子が一緒に暮らしてくれるってことが。楽しいことが始まるんじゃないかっていう予感にわくわくしていたのよ。

「それで、じゃあこの美味しいケーキをまひろちゃんがやってきた記念日ってことで、まひろちゃんと皆で食べちゃおうと戻ってきたわけね」

「そういうこと」

ついでに晩ご飯も皆で食べちゃおうと。

「えー、記念日ってそんな」

眼を大きくして唇をもごもご動かして、含羞《はにか》んだような笑みを浮かべて。

本当に、まだ高校を出たばかりのあの頃と全然変わらない幼い可愛さがあって。まぁ二十一歳になるのだから、そろそろ大人の女性の気配が出てきてもいいようなものなのだけれどもね。それは人それぞれだからいいのだけれども。

「なんか、すみませんわたしのそんなことで」

「いいのよぉ、美味しいものは皆で食べた方がずっと美味しくなるんだから」

「まひろちゃんは気づいていた？」

こくん、と小さく頷く。

「別に意識してるわけじゃないですけど、スケジュール確認する度に日付は思い出しちゃうので。あ、ギョウザ焼けますよ」

さっきからフライパンで焼いていたギョウザ。

まずは一皿目。

フライパンひとつで十六個は焼けるけれど、それはもうあっという間になくなるから、お皿に移したら、続けて二皿目を準備。

その間に、皆で手分けしてご飯をよそって、豆腐とネギだけのシンプルなお味噌汁《みそしる》を椀に入れて。

ギョウザのときには、本当にシンプルな食卓になるの。ギョウザと白い飯のみ。

お漬物は柚子《ゆず》大根。これもいいのよ。柚子の香りと大根の辛《から》さがものすごくいい箸休《はしやす》めになる。ケーキは食後にだから冷蔵庫に入れておいて。

「いただきます」

五人揃《そろ》っての晩ご飯も随分《ずいぶん》久しぶりね。

「え、じゃあ祐子さんってさ、俺らが来た日も覚えてる？　俺が布団抱《かか》えて柊也と一緒に来た日」

「九月よ。九月の三日」

「すげぇ。九月だったってのは覚えてるけど」

「実はさっき確かめたの。そういえばって」

「僕は覚えていたよ」

きれいな青空の日だったわよね。私はそれもよく覚えている。もしも雨が降っていたらタロウはどうするつもりだったのかしらって。

訊《き》いたら、ビニールを掛けて持ってきましたよ、って事もなげに言ったのも覚えているわ。

「三年かぁ。あれだよね」

タロウがいきなり二個もギョウザを頬張って。

「三年っていうのもあっという間だなって思うけどさ。まひろちゃんが来てからさ、なんかいろいろ変わったよね。変わったっつーか、いろいろあった？」

「そうよねー。タロウと柊也が来てからもなんやかやあったけど」

「いや俺らんときは別になぁ？」

「騒がしくはなっただろうけどね」

なったわね。

ただ若い人が一緒に住んでいるというだけで特に何かが起こるわけでもないのに、日々の中に流れるリズムがこんなにも変わるものかって思ったのを覚えているわ。

「そんなにいろいろやらかしましたっけ、わたし」

「いやまひろちゃんがやらかしたわけじゃなくさ」

やらかしてはいないけれども、いろいろ変わったのは確かかね。

「それはあれよ。あなたたちが、まぁタロウは年こそ若くはないけれども、若くて社会に出ていくタイミングでちょうどこの家にまひろちゃんが来たからよ」

皆、そうだった。

タロウはアーティストとしてようやく芽《め》が出てきた頃で、柊也は就職を考えなきゃならない頃で。

そしてまひろちゃんは、この家で初めて社会人として暮らし始めて。

「いろんなものが動き出すタイミングが、ちょうどだったからよ」

だから、いろいろと変わった。変わっていった。

「やっぱりからさんの自伝よねー。あれが出て、本当にいろんなものが回り始めていった感じで」

「そうね」

そういう意味では、まひろちゃんがうちに来て、わたしの孫になって、必然のようにして回り始めたのかも。

『匂い立つ　三原伽羅《みはらきゃら》自伝』は、一年ほどかけて私とまひろちゃんが書き上げて、水島《みずしま》さんのところから出版された。

たかが、私ごときの自伝。

まるで期待はしていなかった。

水島さんのところが赤字にならなければそれでいいと思っていたのに、発売前に重版が掛かった。重版といっても、初版が一万部に重版はその半分の五千部。水島さんの会社の利益としてもそんなに大したものでもないのだけれど、出版不況の中で単行本が、しかもただの自伝がそういうふうになるのは、なかなかのもの。

大いに喜んでいたのよ。ひょっとしたらこれでまひろちゃんの進む道も決まるのじゃないかしらってね。

間違いなくライターとしての資質はあるし、インタビュアーとしても、私が出会った人の中でもたぶん最高の部類だったんじゃないかしらね。

単に気がよく回るとか、頭が良いとか、聞き上手喋《じょうずしゃべ》り上手っていうだけじゃないのよ。まひろちゃんは、佇《たたず》まいが良いの。

そこにいて、話を聞いてくれていると思うだけで、心持ちが良くなってくる人。ごく稀《まれ》にいるのよね、そういう人。

編集者の中にもいるわ。水島さんもそうなのだけど、きちんとしているだけじゃない、その人から感じられる気配が心地《ここち》よい人。

まひろちゃんには、そういう資質があった。

若さも最初のうちは武器になると思ったから、出来る範囲でどんどん売り込んでいこうか、なんてことも考えちゃったのよね。もちろんそれはまひろちゃんの意向《いこう》もきちんと聞いてからにしようって思っていて。

そうしたら、半年も経たないうちに『匂い立つ　三原伽羅自伝』は三刷、四刷、五刷と版を重ねていって、私にインタビューや講演や、そういうものがほとんど二十年ぶりぐらいにたくさん入ってくるようになって、マネージャーとしてのまひろちゃんの仕事がどんどん忙しくなっていってしまって。

高校を出たばかりの可愛らしい女の子のマネージャーで、自伝を書いたライターでもあり、しかも血は繋がっていなくても私の孫。

そういう少し特殊なスタンスにいたまひろちゃんにもスポットライトが自然に当たっていって、私が売り込まなくても、まひろちゃん個人へのライターとしての仕事や、それこそまひろちゃん個人への取材も入ってくるようになって。

そうして、ドラマ化が決まった。

私の人生が、連続ドラマになってしまった。

ドラマの中でのメインは私の若い頃の話だったから、もちろん若い女優さんが起用されて、一人の女性の昭和の時代のドラマとしての体裁《ていさい》だったのだけれど、今現在の私は、私がそのまま演じることになった。

実に、五十数年ぶりになる女優としての仕事。

しかも、自分をそのまま演じるという、ほぼ現在の私を紹介するような半ばドキュメンタリーのような形。

おおむね私の家で撮影されて、まひろちゃんもそのままの姿で出ることになった。演技ではなく、普通に私と生活しているところを撮《うつ》す形で。

タロウも、柊也も、祐子ちゃんも演技はしないただのエキストラみたいな形だけど、映った。

ドラマになったということよりも、この家が、私の家が今そのままの形が映像に残されたのは、本当に良かったと思っている。

もしもこの家が、私が死んだ後になくなったとしても、ずっと残っているから。あの映像の中に。皆の姿も。

一　私の家

根津《ねづ》の駅から言問《こととい》通りを歩いて五分。

若い頃ならね。

さっさと歩いていけば本当に五分も掛からない。

今は足取りもゆっくりになってしまったから、八分か、ひょっとしたら十分掛かってしまうかもしれない。

一時期家を離れた若い頃を除けば、生まれてからずっとこの家に住んでいるのだし、ほとんど家にいるような仕事ばかりだったから、もうこの辺りの生き字引と言われていいぐらいよ。

私ぐらいこの辺《あた》りに長く住んでいる人は、たぶんもうほとんどいないんじゃないかしらね。

祐子《ゆうこ》ちゃんのご両親も亡くなってしまったし、隣の笹川《ささがわ》さんの家も、古橋《ふるはし》さんの家もなくなってしまってそれぞれマンションとアパートになっている。どんな人が住んでいるのかは、ほとんどわからない。

近所を見回しても、私が生まれた頃からあった家はほぼ、消えてしまっている。新しくなったり、アパートやマンションになったり。

きっとお子さんがそのまま新しくなった家に住んでいる場合も多いのだろうけれども、向こう三軒両隣ならまだしも、少し離れちゃうと子供たちを全部把握《はあく》しているかっていうとそうでもないしね。

一緒の小学校や中学校に通った同級生たちで、まだ今も実家もしくは建て替えたその家に住んでいる人は、どれぐらい残っているものだか。きっとほとんどいないわよね。クラス会なんてものにはまったく興味がなかったから、出たことなかったし、その後の消息もまったく知らないし。

そして近頃は老人ホームみたいなものができているみたいでね。ちょっと歩くと、あらいつの間にこんな大きな建物が、マンションかしら、と思ったら、老人のための施設っていうの。

うんと近い将来、自分もそういうところに入らなきゃならなくなるのかしら、って考えたら、悪いけどぞっとしちゃったわよね。入ってしまっている人たちには申し訳ない言い草だけれども。

健康がいちばん、なんだけど、別にものすごく健康じゃなくてもいいのよね。

頭さえ回ってくれれば。

指さえ動いてくれれば。

眼さえ見えてくれれば。

足なんか動かなくてもいいから、上半身だけ動いてくれればどれだけ長生きしても辛《つら》いとかはないと思うのだけれどね。私の場合は、だけれども。

あぁ、でもやっぱり全部が健康でなければ、結局は誰かのお世話にならなきゃならなくなるしね。生きているのに、誰かの手を借りなきゃ暮らせないっていうのは、考えただけでも滅入《めい》ってくることよね。

しょうがないのだろうけれども。

「へぇ」

こんなところにお好み焼きのお店ができたの？　知らなかったわ。よくもまぁこんな住民しか通らないようなところに。

こんなマンションの一階では風情《ふぜい》はないけれど、もんじゃもやっているのね。いつの間に開店したのかしら。今度まひろちゃんと来てみなきゃ。あの子粉もの好きよね。若い子は皆そうだろうけど。

隣の児童公園もこの間改修工事をやっていたから、すっかりきれいになっちゃって。私の若い頃はここは芝生すらないただの土の広場で、よくもこれで公園などと言ったものよねって文句垂《た》れていたのだけど、まぁ遊ばせる子供もいなかったからね。

「伽羅《きゃら》ちゃん！」

伽羅ちゃん、って呼んだ？　同年代らしきご婦人。

「あら！」

まぁ、誰もいなくなったって文句言ったからかしら。

私に向かって歩いてきて、その笑顔に若い頃の顔が重《かさ》なった。名前も、出てきた。

「真理子《まりこ》ちゃん？　よね？」

「そう！」

中学まで一緒だった水内《みずうち》の真理子ちゃん。

「何だってまぁ」

「久しぶりだわぁ」

「本当に」

良い服を着ているから、ちょっと買い物じゃないわね。お孫さんが近くにいるわけでもないし。

「伽羅ちゃん、まだここにいるの？」

「いるわよ。覚えてる？　そこを曲がったところ」

「もちろんもちろん。何だかもうすっかり風景が変わっちゃったけれども」

「あの家にちゃんといるわよ。真理子ちゃんはどうしたの？　ずっといたの？」

ぶんぶん、と手を振った。

「私、ここに戻ってきたのよ」

ここって指差したのは、公園の隣の三階建ての煉瓦色《れんがいろ》のマンション。色だけが煉瓦色のね。

「ここって？」

「息子がね、引っ越してきたの。一緒に住もうって言われて」

「あら、そう」

それは、嬉《うれ》しいこと。じゃあ、本当に戻ってきたのね。息子さんの引っ越しは、お仕事の関係かしらね。

「結婚はしたんでしょう？　もうお一人だったのね？」

そう、って少し顔を顰《しか》めて、頷《うなず》いた。真理子ちゃん、若い頃のままの顔で年取っちゃったのね。本当に変わってないわ。

「亡くなってもう十年。ねぇ、私たちもう七十過ぎているのよ」

「もうすぐ七十五よ。四捨五入したら八十よ」

「本当にねぇ」

右手で口を覆《おお》って笑う。思い出したわ。昔っからそうやって笑っていたわ真理子ちゃん。お上品だって皆が言っていたのも思い出した。

凄《すご》いわ。どんどん記憶が甦《よみがえ》ってくる。

ねぇ、私たちあの頃とても仲良かったわよね。

真理子ちゃんは図書委員をやっていて読書が大好きで真面目《まじめ》な女の子。それなのに、不真面目だった私と気が合っていつもお喋《しゃべ》りしていた。

「よく伽羅ちゃんのお父様の本を借りに行ってた。図書室にない本がたくさんあって」

「そうよぉ、来てた来てた。お風呂に入っていったこともあったじゃない」

「あったわー」

何て懐《なつか》しい話。

「じゃあまたしばらくは会えるわね。お家《うち》にいるんでしょう？　お仕事しているのよね。ドラマ観たのよ！」

ありがとう。

「そうなの。ドラマを観た人から、まだ生きていたのかって連絡もたくさん貰《もら》ったのよ」

「そうでしょうよ」

「会いに来て。昔話しましょう。今日みたいに外出する日は少ないから」

「そうする。あの子たちも、いるのでしょう？　ドラマに出てきた同居している若い子たち」

いるわ。真理子ちゃんなら、昔と変わっていなければ、あの子たちとも話が合うかもしれない。

「電話番号なんか忘れているでしょう」

名刺は持っているのよ一応。ちゃんと、家の電話とスマホの番号が入っているもの。

「電話するわ」

まさかこの町でまた同級生に会えるなんて。

そして、こんな日になんて。

こういうのも、人生なのよね。

「はい、ただいま」

家のドアを開《あ》けると、すぐにパタパタと聞こえてくるまひろちゃんの足音が今日は聞こえてこない。

出版社に打ち合わせに行っていて、もうすぐ帰ってくると思うけれども。

今日は珍しくお互いに別々に外出して、お昼ご飯もそれぞれに外で食べて。

まひろちゃんが帰ってくるのは夕方になるので、今夜の食事はカレーライス。午前中にまひろちゃんが手際《てぎわ》よく作っていった。

後は、サラダを作ればそれで充分《じゅうぶん》。あぁ、お米だけは私がといで炊飯器にセットしなきゃね。

「あら」

福神漬けを買ってくるのを忘れていた。自分で言ったのにね。私が買ってくるからって。

「どうしましょう」

ここは素直に、まひろちゃんにLINEしておきましょう。

〈福神漬け買ってくるのを忘れました。お願いします〉

すぐに返事が来る。

〈了解です！〉

まひろちゃんって、スタンプを一切使わないのよね。珍しいと思うわ若いのに。必ず言葉をきちんと打ってくる。

洗面所に行って、うがいと手洗い。顔も洗ってしまう。化粧水はつけるけれど、その他はもうしない。

部屋着に着替えて、机の前に座る。

ふぅ、と、溜息《ためいき》が出る。

覚悟はしていたのだけれど、やっぱり聞かされると嫌なもの。でもまぁ、わかっていたからそれほどでもないわね。

いろんなことを、少しずつ片づけて行かなくちゃならないし、あるいはいろんなものを諦《あきら》めなきゃならないかもしれない。

抱《かか》えている連載は、大丈夫ね。エッセイが一本だし、頼まれている小説は季刊誌だから書きためていけば何とかなる。

詩は、いつでも生まれてくる。

小説よりも詩の方が簡単とは言わないけれども、長く物事を組み上げていかなきゃならない物語より、生まれたそのままの形で出せる詩は、どんなに心がきついときでも苦しいときでも生まれてくる。

誰だったかしら。

汚れちまったり、転んでしまったときの方が言葉が出てくるって言っていた詩人は。ランボーだったかしら。違うわね。

でも、そういうもの。

「またいい経験ができるわ」

そう思えば、いいものよ。

あら、LINE。

〈もう着きます〉

早かったのね。そしていちいち言ってこなくてもいいのに、あの子は必ず〈もう家に着きます〉って送ってくるのよね。

小さい頃、家にいるのにトイレに行くときにお母さんにトイレに行くって言ってから行っていたって話していた。

自分でもどうしてかはわからないけれど、たぶん自分がここにいるというのを、きちんとわかってもらってないと何かあったら困るって考えていたんじゃないかって、まひろちゃんは分析していたけど。

何となく、わかるわ。


玄関が開いて、まひろちゃんが帰ってきたのがわかった。戻りましたー、って声が廊下に響いて、返事をして。

そのままままひろちゃんも洗面所へ。そして、自分の部屋へ着替えに上がっていって、戻ってきて隣の仕事場へ。

「お帰りなさい」

「ただいま」

さっさと片づけてしまった方がいいわよね。

「留守中、何かありましたか？」

「何にもないわよ。でも、ちょっとお話があるのだけれど」

何だろうという表情を見せながら、私の部屋に入ってきて、置いてある椅子に腰掛けた。

「今日はね、実は病院に行ってきたのよ」

「病院？」

顔を顰めた。

もうわかったわよね。

「まさか」

「転移していたわ」

厄介《やっかい》な病気。

ガン。

いつも思うの。ガンって、癌という漢字で書きたくないわって。

カタカナの方が私はいいわ。

ガンの転移。

まぁ乳ガンになった時点で、転移は覚悟していたのだけれど、存外に早くなってしまったわね。

二　家にいる皆に

にぃ、と鳴くスマイル。

にゃあ、じゃないのよね。どう聞いても、にぃ、と聞こえる。ミュージシャンで耳の良い祐子《ゆうこ》ちゃんに言わせると、にぃっ、って最後に一音上がるそうなんだけど。

スマイルも、それまでうちにやってきた猫と同じで、ひょっこりと庭に現れてそのまま我が家に上がり込んできたのよ。

一応、それまでに居ついた猫、ポン吉やローラと同じようにご近所には訊《き》いて回ったのよね。どこかで猫がいなくなったお家《うち》がないかしらって。

だって三匹とも野良にしてはとても綺麗《きれい》だったのよ。毛並みもよかったし、痩《や》せてたり怪我してたり、目に見える病気を持ってたりもしていなかったから、どこかで飼われていた猫なんじゃないかって。

結局わからなかったから、たぶん野良だったんじゃないかしらね。なので正確な年齢はわからないけれど、たぶんスマイルは今年で十二歳とか十三歳ぐらい。

猫が順繰《じゅんぐ》りにやってくる家っていうのも、不思議よね。それも一匹ずつ、死んだら次の猫って感じで。

ポン吉もローラも、たまたまだろうけど家にいた私が看取《みと》ったのよ。

私が見守っている中で、最後の息を吐《は》いて、二匹とも虹の橋を渡っていったのね。

あれは、たぶん犬猫を看取った人ならわかると思うけれども、最後に必ず挨拶《あいさつ》をするのよね。私は挨拶って思ってるけれど、人によっては暴れたと思うかもしれないけど。

もう身体《からだ》なんか一切《いっさい》動かないって感じで徐々に息も小さくなっていくのに、その瞬間に顔を上げて身体を起こして、私の方を見るのね。見たのよ。本当よ。

そして、頭を撫《な》でてやると、ぱたん、と頭を下《お》ろして、そのまま眼を閉じて息絶えるの。二匹ともそうだったし、他に犬猫を看取った人の話を聞くと、大体そうなのよね。そんなふうになっているの。

さよならとか、ありがとうとか、またね、とか。そういうことを最期に言ってくれてるんだなぁって私は思ってるのよ。

そして、一週間もしない内に、次の猫がやってくる。

ローラもそうだし、スマイルもそう。考えたら本当におかしな、不思議な話。それだけで短編でも書けそうな気がするけれど。

私がね、特に猫好きとか動物好きとかでもないのにね。

もちろん、嫌いってわけじゃないわよ。動物で受け付けないのは、どうかしら、ほとんどないんじゃないかしらね。ヘビでもトカゲでもカエルでも何でも触《さわ》れるし、可愛《かわい》いって思えるしね。

でも、飼おうと思ったことは一度もなかったわね。猫たちも勝手にやってきたから一緒に暮らしていただけ。

性格は全然違ったわね。ポン吉はすごく人懐《ひとなつ》こい猫だった。とにかく誰にでも寄っていって甘えて、この家に入ってくる人なら誰でも良かったみたいね。人間が大好きだったんじゃないかしら。

ローラは、神経質な猫だったわね。人嫌いってわけじゃなかったけれども、とにかく知らない音には何にでも反応して、驚いていたり隠れたり。相当な、そう、ビビりだったのよね。

スマイルも全然違う性格の猫。

すごく人見知りをする猫で、私以外、この家で暮らす祐子ちゃんやタロウ、柊也《しゅうや》にはあまり懐かなかった。

人見知りとか懐くとかじゃないかもね。スマイルは人間というものにほとんど関心を示さない。自分の居場所と決めたらしい私の部屋から出ることもほとんどなかったし、たまに出たとしてもまるでパトロールするみたいにぐるりと家を回ってきて、また私の部屋に帰ってきて。

抱っこは嫌い。寝ている私のベッドに入ってくることもない。

でも、水は全然恐《こわ》くないのよ。

うちに来てすぐの頃に、私がお風呂に入るとついてくるので、それじゃあってお湯をかけてシャンプーしてあげると全然嫌がらなかったの。むしろ洗面器にお湯を張って入れてやると、気持ち良さそうにそのままつかっている。笑っちゃったわ。いい湯だわって言ってるみたいで。

でも猫を洗うのはあんまりよくないっていうから、お風呂についてきたときにはスマイル専用の洗面器にお湯を張って、ただ入れてあげるだけにしてる。二、三分はいつもつかっているのよ、そのまま。

人に興味のない、風呂好きの猫。変な猫よね。

でも、何故《なぜ》かまひろちゃんには懐いたのよね。

初めて会ったときにも逃げようともしなかったし、むしろじーっとまひろちゃんを見つめてすぐに近づいていったぐらい。

不思議よね。

私のアトリエとまひろちゃんの仕事部屋は続き部屋のようにしているから、今はスマイルは行ったり来たりして毎日を過ごしている。まひろちゃんがあちこち動くから、スマイルも私だけの頃よりもたくさん家の中を歩き回るようになった。

台所でまひろちゃんが料理している間、ずっとその様子を見ていることも多いし、まひろちゃんがタロウや柊也と一緒に映画を観ているところに出かけていって、まひろちゃんに寄り添って眠っていたり。

まひろちゃんも不思議がっていたわよね。今までこんなに猫や犬に懐かれたことなんかなかったって。

こうなると、良かったたって思うわね。

今まで病気らしい病気はほとんどしたことのないスマイル。とても丈夫で、そして元気な猫。これからもまだひょっとしたら十年ぐらいは生きるかもしれない。

ということは、たぶんじゃなくて間違いなくだけど、私よりも長生きするはず。もう私が今すぐに、あっという間に死んでしまったとしても、その後はまひろちゃんがスマイルの面倒を見てくれる。

「それは、もちろんですけれど」

まひろちゃんがちょっと悲しそうな顔をしながら頷《うなず》く。

柊也が会社から帰ってきて、ガンの転移のことを話しながら、三人で今日の晩ご飯。

カレーライスに、トマトとレタスと胡瓜《きゅうり》のサラダ。飲み物は、夏でも冬でもいつも冷蔵庫に常備されている麦茶。

サラダにかけるものはそれぞれ好みが違う。私は最近気に入ってるサラダソルトをほんの少し。まひろちゃんは胡麻《ごま》ドレッシングで、柊也はマヨネーズ。

ここのところは、この三人で食べることがあたりまえになってしまっている。

そして、スマイルも何故か台所にやってきて一緒にご飯を食べて、自分が食べた後は空《あ》いている椅子に上《のぼ》って私たちが食事している間寝転んでいる。大体は、まひろちゃんの隣の席ね。大体、祐子ちゃんが座る椅子。

きっとまひろちゃんと一緒の空間にいたいって思ってるのよねスマイルは。それが、自分にとって心地《ここち》よいのだわ。

「そういう話をしておかないとね。柊也にも」

柊也が、スプーンを口に運びながら、小さく頷いた。

「わかりますけど」

「皆揃《そろ》えて話せば早いだろうけど、まぁまだ先の話だしね。私もいろいろ考えなきゃならないこともあるし、その都度《つど》ね。あれやこれや話しておいて最後にまとめればいいでしょう」

遺言みたいなもの。

実はきちんとまとめてあって、パソコンのデスクトップにテキストで置いてあるのは皆知ってる。それを毎月更新はしていたのだけど、乳ガンがわかったときにも思ったのだけど、やっぱり人間ってそのときが来ないとダメね。

締切りと同じね。

締切りにならないと書けないのよ。編集者さんにしてみたら本当に迷惑な話なんだけれども。

遺言もそう。本当に自分の死というものを実感しなきゃ、きちんと書けないみたいね。もっとも突然訪れる死というのも多いのだろうけど、私の場合はまだ大丈夫だろうから。

「これは、達明《たつあき》とも話さなきゃならないけど、私がいなくなっても柊也はここに住んでいてもいいからね」

以前ならいざ知らず、社会人になった今はちゃんと自分の家賃を払っている。相場よりはかなり安いけれども、それは大した問題じゃない。

何よりも。

「まひろちゃんはここを相続できる立場にいる人で、あなたはその恋人なんだから、何も問題なし。二人で出て行くとなったらそれはそれでも構わないし。その前に二人が別れてしまったらもう自動的に柊也は出て行くだろうから」

「それは、確かに」

笑う。柊也の笑い方って、少しシニカルな感じになってきたわよね。社会人になっていろいろ経験したからかしらね。

柊也はね、きっと若い頃よりもう少し年を取ってからの方がモテてくるような気がするわ。年齢を重《かさ》ねてから魅力が出てくるタイプよ。

「二人がそうなってから、もう一年？　それぐらい経《た》った？」

「そう、ですね」

まひろちゃんと柊也が顔を見合わせる。

「一年半ぐらいですね」

「じゃあもう、そのままよね」

この家で一緒に暮らすようになってもう三年、そして、気持ちを確かめ合って男女の付き合いを始めてからは一年半。

まぁたまたまこの家で暮らすようになってそのままくっついて恋人同士になってしまったというのは、多少安易な流れという気がしないでもないけれど、縁とか運命の出会いなんてそんなものよね。

三年も暮らして、もうお互いの性格とか、普段どういう人かなんてわかり過ぎるぐらいわかっているんだから。

「性格の不一致で喧嘩《けんか》別れとかもないでしょう」

「ないです」

きっぱり言ったわねまひろちゃん。

「もしも別れることがあるとしたら、どっちかの浮気だろうけどねぇ」

それもないような気がするわ。浮気なんて器用な真似ができるような性格を、二人ともしていないものね。

前にそんな話をしたような気がするけれど、まるで鳥のつがいのように一緒にいることがあたりまえのようになった二人。

それは、ここでずっと一緒に暮らしたことによって生まれて、育《はぐく》まれた感情だと思う。

二人は、実はよく似ていたのよね。似ているからこそ、会ったときに一目惚《ひとめぼ》れとかそういうものはなかった。ゆっくりと、ゆっくりとその感情を温《あたた》めて育てていった。

そういうものは、強いのよ。

そして、案外結婚も早いような気がする。別にしなくてもいいんだけど、柊也は家庭を持った方が身も心も安定して力量を発揮《はっき》しそうなタイプの男だし、まひろちゃんも、そう。

まひろちゃんには、家族を持ってもらいたいわ。

自分の血の繋《つな》がった子供を産んで、お母さんになってほしい。夫を愛して、子供を愛して、家族となって生きていってほしい。

まぁそこのところは、周《まわ》りがやいのやいの言う必要もないから言わないけれども。

言わないけれども、義理とはいえまひろちゃんの祖母である私は、実は孫というものができるのをすごく楽しみにしてる。

達明とひろみさんは、年齢からしても子供は作らないって決めているようだし。二人で歩く人生を楽しむみたいだしね。

ひょっとしたら生きている間に、それが叶うかもしれないって密《ひそ》かに思っているんだけどね。戸籍上は、まひろちゃんの産んだ子供は私の曾孫《ひまご》ってことになるのだけれど、気分的には孫って感じよ。

「将来ね。将来って、あなたとまひろちゃんのだけど」

まだ本当に気が早い話だけれども。

「柊也は建築士として独立して、自分で仕事をしたいのでしょう」

今は、本当にご縁があって黒田《くろだ》さんの会社で働いているけれども。

「そのつもりですね」

「そうなったときに、自分の家があるって大きいでしょう。この家ならそのまま建築設計事務所としても使えるぐらい広いから」

「いや、からさん。それはそうですけど」

「そんなに慌《あわ》てなくても、もしもの話よ。そうなったら北海道にいるお母さんを呼んだって、充《じゅう》分《ぶん》に暮らせる」

「いやでも達明さんが帰ってくることだってあるわけだし」

「でもあの子はすっかり向こうが気に入って、あっちに家を建てるって話もしてるからね。そうよねまひろちゃん」

それはね、もちろん。

「言ってましたね」

向こうは、北海道は、こっちからすると本当に土地が安い。あの子のこれからの稼《かせ》ぎや貯金で今からでも充分に家を建てるぐらいはできる。何なら私だって多少は援助できるし。

「札幌《さっぽろ》じゃなくてもその周辺の町ならさらに安いって喜んでいたもの」

自然豊かで、食べ物は何でも美味《おい》しいし、穏《おだ》やかに過ごせる土地。ここを終《つい》の住《す》み処《か》と思ってもいいって言っていた。

だったら、この家をきちんと守ってくれる人のことを考えた方がいい。

実は、まひろちゃんがここに来たことで、いることで、達明もちょっと自由になれたみたいに思っているようだし。自分の生まれた家を繋いでいくというのは、人によっては煩《わずら》わしいと思うわよね。

「だから、もしもそんな話になっても、柊也は気を遣《つか》うことはないし、重荷《おもに》になるようならもちろんさっさと出ていってもいいんだしね。そういう選択肢があることだけは、ちゃんと話しておこうって」

柊也が、ちょっと息を吐いて、頷く。

「すっごくありがたいです。重荷になるなんて全然思わないです。でも、この家のことに関して、僕の事情を優先順位の一番になんか上げないでくださいね」

「もちろんよ」

そこは、大丈夫よ。そんなことで人の人生の指針《ししん》をどうこうしようなんて思わないから、安心して。

「そのまままひろちゃんにもね」

「はい」

今はずっと私のマネージャー。マネージャーなんてものじゃないわよね。私が生きていくためのパートナー。

まひろちゃんがいなかったら、私は半分ぐらい死んだみたいになっちゃうかもしれないぐらい、頼っている。

「私が死んじゃったら、全部あなたに任せるわ。この家の何もかもを。今のところはそう思ってるから、達明ともちゃんと話すけれども」

それはもう、前から折りに触れて話していたものね。乳ガンになったときにも、そんなような話をしたし。

まひろちゃんは、どういう顔をしていいのかわからないだろうけど、小さく頷いた。

「大丈夫です」

少し、微笑《ほほえ》む。サラダを口に運んで、ちゃんと食べてから言う。

「そうでなくても、私はもうこの家の妖精ですから」

笑った。

「ブラウニーね」

スコットランドやあちらの方の妖精。家につく精霊みたいなもの。日本で言うと、役割は違うけど座敷童《ざしきわらし》かしらね。

ブラウニーは、住み着いた家の掃除や家畜の世話など、家事一切を何も言わずにしてしまう妖精。本当に家の守り神みたいな存在。

「でもあれですよ、ブラウニーはあからさまなお礼をすると遁《に》げていってしまうんですからね」

「気をつけるわ」

おもしろいわよね。そういう妖精とかの民間伝承って、洋の東西を問わずに大好き。私にもっと物語を紡《つむ》ぐ才能があったら、そういうものたちがたくさん出てくる物語を書きたいってずっと思っていた。

書こうかしらね。

そして、描《えが》こうかしらね。

絵本でもなく、小説でもなく、絵物語。

あぁ、湧《わ》いてくる。イメージの素。

困ったことに、こういうものって何でもないときにぶわっと来ることが多いのよね。ご飯食べながらは書けないし描けないし、かといってメモ程度にしちゃうと後で読み返してがっかりしちゃう感じになるのよ。

我慢して、溜《た》めておく。湧き上がったイメージそのままに。どこかへ行ってしまわないように。

「からさん」

柊也がカレーソースのお代わりを、自分で注《つ》ぎながら言う。

「これから、治療は始めるんですよね？　放っておくなんて言わないですよね？」

「そうね」

治療は、もちろんやってみる。

「ただね」

もう決めているんだけれど。

そして、この話を実はしたかったのよ。

「無理はしない」

「無理って?」

まひろちゃんの眼が細くなる。

「あれよ? たとえば、この先どこかが痛くなったり身体の調子がひどく悪くなって、普通の生活ができなくなるようなことになったならね。まさかまひろちゃんに全部頼れないから、入院とかしなきゃならないのだろうけれど」

そうではないのなら、できるだけこのままでいたい。

「普通に暮らしていきたいのよ」

毎朝、自分のベッドで目覚めて、ストレッチをして、まひろちゃんが用意してくれる朝ご飯を食べて。

そうして、その日のスケジュールを確認して。

「絵を描いて、詩を書いて、小説を書いて」

自分が生きるための仕事をして一日を終える。

「そういう普通の暮らしをずっとしていきたいのよ。死ぬまでは。それが、そういうことができるための、治療はするつもりよ」

つまり、副作用で身体や心がどうにもならなくなるような治療は、もうしたくない。

「たとえそれで延命できたとしても、この先何十年も生きられるはずはないでしょう？　そもそも私は、あと十年も生きて死んだらまぁまぁ大往生《だいおうじょう》って言われる年齢よ」

十年もしたら八十四にもなるんだから。

「それは、まぁ」

柊也も頷く。

「だとしたら、そんな副作用で何ヶ月も調子が悪くなってまるでゾンビみたいになって過ごす時間は、もったいなくてしょうがないわ」

そんな時間を過ごすぐらいなら、普通に生きる。

「きっと、放射線治療とかですよね。前にいろいろ調べましたよね」

「そうね。たぶん、そういうもの」

乳ガンが見つかったときに、本当にまひろちゃんはいろいろ調べていた。

そんなことに時間を使わなくてもいいって思ったんだけど、私たちみたいな商売に知識は栄養みたいなものだからね。何かのときに役に立つかもしれないから、放っておいたけれども。

「九州の病院でしたよね。放射線治療の有名なところ」

「あったわね」

他にもいろいろあるんだろうけど。

「もちろん、変なものにハマったりはしないわよ」

スピリチュアルとか、一切医者の言うことを聞かないで何もしないとか、そういうものに陥《おちい》ったりはしない。

するはずがない。

「でも、副作用がありすぎて普通の暮らしができなくなるようなものは、しない。その結果、早く死んじゃうとしてもね」

そもそも死ぬのが早い遅いは、誰かが決めるものでもないだろうし。

「誤解してほしくないんだけど、さっさと死にたいわけじゃないのよ」

治療はする。

治るものなら、治してもらう。

そのための努力はもちろんする。

「でも、治すために普通の暮らしを犠牲にすることは、もうできるだけしたくないの。結果としてそれが命を縮《ちぢ》めることになったとしてもね」

縮めるとしても、きっと多少の誤差よ。

「まぁ、それでよ。まだこれからお医者さんとも話し合ってのことだけどね」

そういう治療とかで、家を空けることが増えるかもしれない。

「それこそもしも九州まで行って治療して帰ってくるなんていうのを続けるとしたら、まひろちゃんにもついてきてもらわなきゃならない」

「もちろんですよ」

「そうなったらね、柊也と祐子ちゃん、タロウにスマイルのお世話をお願いしなきゃならないだろうから」

「それはもう」

今までにもそういうことはよくあったからね。まひろちゃんと二人で地方の講演に行ったこともあったし。

「前にも言ったけど、からさん」

まひろちゃんが顔を顰《しか》めた。

「煙草《たばこ》でしょう？」

「そうです」

さんざん言われたわよね。でも。

禁煙ね。

「それも、自分でそう思ったら、するわよ」

「でも、嫌なことはしたくない。無理はしたくない」

病《やまい》は気から、というのは事実だと思うのよ。人間の身体の免疫力って、本当に気持ちで左右される。

「本当にダメだと自分で思ったら、止《や》めるわよ」

うん、って頷きながら、柊也が何か考えるような顔をしてる。

「何か、言いたいことがある？」

「いや」

少し首を傾《かし》げた。

「実は、前にタロウと話したことがあるんですよ。からさんの乳ガンがわかったときのことですけど」

「何を？」

「僕たちは、タロウと僕のことですね。この家を出た方がいいんじゃないかって。結局そんなにもかからずに治療は終わったので、話はうやむやになったんですけど」

あら、そんな話を？

「でも、どうして出て行くの」

「からさんの治療が始まったら、まひろちゃんもそれに付き添ったりなんだりで忙しくなる。僕たちがいない方が、ご飯とかの心配もしないでいいし、毎日のまひろちゃんの負担が軽くなるだろうって」

なるほど。

「それはまぁ、真っ当な考えね」

「だから、今回もタロウはそんなふうに考えるかなって」

自分がここにいない方が、まひろちゃんの負担は軽くなる。確かにそれはそうかもしれないわね。負担と言っても、ご飯を作るか作らないかだけの話で、それはもう自分で作って食べろって言えば済むことだと思うけれども。

「でも、もうタロウさんは考えていますよね」

タロウは、一年ぐらい前からだったかしらね。

廃業した鉄工所を正式に譲り受けて、そこを自分のアトリエとして使っている。自分でいろいろと改装して、そこで暮らせるように、つまり自宅兼アトリエとして使おうとしている。

大したものよね。それを全部アーティストとしての自分の稼《かせ》ぎだけでやっているのだから。銀座にできた新しいビルの入口のところに置いたオブジェなんか、ものすごく話題になったわよね。

雪だるまを潰《つぶ》したみたいな形をしているからか、雪だるまって呼ばれてすっかり名物になって、いい待ち合わせ場所になっているみたい。

「でも、結局はこっちの方が居心地いいから、向こうはほとんど別宅みたいになっているけどね」

タロウにしても、ここはもう自分の家のようになっていて、皆と一緒に暮らすことが、過ごすことがあたりまえになってる。

「向こうで一人で住むのは淋《さび》しいって言ってましたよね」

「基本、淋しがりやさんだから、タロウは」

引きこもりだったくせに、誰かと一緒にいないと淋しくてしょうがないって子よ。

「恋人でもできて、一緒に暮らせたらいいんでしょうけどね」

ねぇ、ってまひろちゃんも柊也も、苦笑いする。

「タロウと一緒に暮らせる人って、どんな子かしらね。そもそもね、柊也。タロウってゲイじゃないのよね」

「違うと思うけど、近い部分はあるかもしれないですね。ひょっとしたらバイかもって自分でも言ってるし」

バイね。確かにそういう雰囲気《ふんいき》はあるわねあの子は。

「いずれにしてもね、そういう気遣《きづか》いはいらないわ。むしろ、いてくれた方が何かのときに人手があって助かるもの。ましてやこの家に男手は二人だけなんだから、その辺はタロウにも言わなきゃね」

祐子ちゃんは、何も言わなくてもこのままずっとうちにいるだろうから。

「転移のことは、お継父《とう》さん、達明さんには」

「これからね。ちゃんと話すわよ」

息子なんですからね。私がおっ死《ち》んだら、後のことを全部やらなきゃならないのは結局あの子なんだから。

まぁそうは言っても、治療でまた緩解《かんかい》して、この後も十年二十年も生きる可能性だってあるんだから、あんまり騒ぎはしないけれども。

*

朝は来る。

どんなことが起ころうとも、朝はやってくる。

お早うの朝はくるって、そう謳《うた》ったのは誰だったかしら。歌だったわよね。そうよ、谷川《たにがわ》さんが歌詞を書いたのよね。

いい歌だったわよね。

ガンになっても、きっと突然爆弾が落ちてきても、朝はやってくる。

「おはよう」

「おはようございます」

祐子ちゃんも起きてきたのね。そしてタロウはどうしたの。昨夜《ゆうべ》は帰ってこなかったのに。

「いつ来たの？」

「さっきっすよ。ほんの一時間前」

「ひょっとして、私の話で？」

転移したって聞いたのね。

「そうよぉ。昨夜、LINEで聞いたから」

「わざわざ朝起きたり、来なくてもいいじゃない」

いつでも話はできるんだから。

「や、俺今日の午後から九州行くんですよね」

九州。そうか、個展があるんだったわね。

「だもんで、昨日もずっと準備してて」

「私も驚きはしなかったけれどもね。一応ね」

「一応」

祐子ちゃんがまだ少し眠気が残る顔で笑みを浮かべる。お化粧も何もしていない素っぴんよね。

柊也ももう慣れているけれども、お化粧が上手《うま》いからギャップが激しいっていつも思うわ。

「しっかり支えるからって、意思表示よ。居候《いそうろう》としての。タロウもそうでしょう？」

「そうっすよ」

「ありがとう」

トーストに、目玉焼きにベーコンをカリカリに焼いたもの。目玉焼きは普通の片面焼き。ちょっとだけ黄身が柔《やわ》らかい方が好み。ポテトサラダに、レタスに胡瓜の野菜。スープは市販の缶詰のコーンスープを温めて。

後は、コーヒー。

「いただきます」

皆で言って、朝ご飯。

「昨日の今日で、あれなんですけど」

柊也。今日は平日だからこの後すぐに会社よね。

「どうしたの？」

「からさん、北海道に行きませんか」

「北海道？」

「北海道？」

皆で同じ言葉を繰《く》り返《かえ》しちゃったわよ。

「え、柊也の故郷ってこと？」

祐子ちゃん。柊也が生まれたのは、北海道の旭川《あさひかわ》市よね。

「実は、本当に昨日の今日であれなんですけど、母が入院したんです」

「えっ！」

びっくり。

「何で言わないのよ早く」

「いや、あの別に重症とかではなく、盲腸で」

「盲腸」

「盲腸」

皆で同じ言葉を繰り返してばっかりね。

「それは、まぁ」

確かに投薬や手術をしたらそれで済むもので、盲腸で死んじゃう人は余程のことでなければいないって話だけど。

「心配ないんです。もう手術済んだからってそれこそ昨日電話があって初めて知って」

「あら、そう」

「それで、柊也さん。今年のお正月は帰れなかったし、一度行ってこようかなって。そしてわたしのお母さんや達明さんにも」

そうだったわね。

「一度来てってね。ずっと言ってたわね」

私は、日本全国、本州はもちろん四国も九州も行ったことあるけれども、北海道だけは縁がなくて行ったことがなかった。

元気なうちに、達明とひろみさんの新居に、札幌に遊びに来てほしいって何度も言ってきていた。

「まだ、達明さんに言ってないですよね。転移のこと」

「そうね」

「話をしに、行きませんか。私も一緒に行こうと思うんです」

「つまり、柊也のお母さんと、達明たちに会いに、三人で？」

こくん、と、柊也とまひろちゃんが同時に頷く。

旭川と、札幌。

北海道へ。

「いいわね」

三　北海道の家に

東京から北海道へ。

柊也《しゅうや》のお母さん、野洲実里《やすみのり》さんのお見舞いがてら顔を合わせに旭川《あさひかわ》市へ。そして、息子の達明《たつあき》とひろみさんに私の話をしに札幌《さっぽろ》へ。

柊也とまひろちゃんがお付き合いしていることはもうとうにそれぞれに教えているし、一緒の家に住んでいるんだからこのまま結婚へと進んでいくだろうことも、お互いに承知している。

でも、実里さんとまひろちゃんはまだ直接顔を合わせたことはないし、まひろちゃんの母親であるひろみさんも柊也と直接会ったことはない。達明とひろみさんは二年前のお正月には帰ってきたけれども、そのときは柊也も旭川に戻っていたから、すれちがい。

まぁ考えてみればこれも少しややこしいわね。

結婚する二人の両家の顔合わせなんてことを考えると、お互いに家の事情はわかっている。まひろちゃんには両親も祖母である私もいるけれども、全員血が繋《つな》がっていない。柊也は柊也で、父親が誰なのか生きているのか死んでいるのかさえも、実里さんから知らされていない。

たぶん、この先もそういう型通《かたどお》りの結納とかそういうのもしないのかしらね。その辺《あた》りを確認することも含めて、この北海道行きは本当にちょうど良いタイミングになったのかもしれない。盲腸のお見舞いついででちょうど良かったというのも実里さんには悪いけれども。

善は急げじゃないけれども、お見舞いなんだからさっさと行ってきたいし、ゴールデンウィークに入ってしまうとやたら混むだろうから、その前の土日を挟《はさ》んだ四日間で行ってくることになった。

東京札幌間なら、羽田《はねだ》空港から新千歳《しんちとせ》空港へ行くのだろうけど、最初に柊也の家に行くことにしたので羽田から旭川空港へ。

柊也のお母さんが一人で住む家は、旭川市の自衛隊の駐屯地の目の前にあるんだとか。今はまだ入院中だから、会いに行くのは入院先の市立病院になるのだけれど。

旭川市は、北海道で札幌に次ぐ人口第二の都市。せっかくだから、柊也の実家に一泊させてもらって、少しばかり旭川観光を。

久しぶりの、羽田空港の搭乗口《とうじょうぐち》。

この飛行機の待ち時間というのがあんまり好きじゃないのよね。

そもそも飛行機に乗ること自体にそわそわしてしまう。嫌いではないのだけれども、ただ乗り物に乗るだけなのに、一時間も前に来なきゃならないというのが、今ひとつ納得できずに気にくわないのね。

だから、それを待っているときも落ち着かない。本を読む気になれないし、手持ちぶさたもいいとこ。

でも、こうやって誰かと一緒に待つのならお喋《しゃべ》りもできるから気も紛《まぎ》れていいけれども。

「そういえば、旭川市はかつては軍都だったのよね」

「ぐんと?」

隣の椅子に座るまひろちゃんが、ちょっと首を傾《かし》げた。

「軍の都。戦争のときに大きな軍の拠点があったところね」

「そうなんですか」

まひろちゃんが知ってた? と言うように隣の柊也の顔を見ると、軽く頷《うなず》いた。

「詳《くわ》しくないけど聞いたことあるよ。旭橋っていう、うちからそんなに遠くない古い橋があるんだけれど、戦車が何台走っても大丈夫なように造った橋だって」

「へぇ」

その話は、私も初めて知ったわね。

「当時から今も変わっていないのかしら。架け替えとかはなしで」

「そのはずです」

それは、一見《いっけん》の価値があるかもね。

「タクシーで向かうときに通ってもらいますよ。そうだ、冬に雪で新千歳空港で飛行機が飛ばないとかあるじゃないですか」

「あるわね」

「そんなときには、旭川空港へ行けって話があるんです」

　柊也がちょっと自慢そうに言う。

「どうして」

「旭川空港の除雪隊が凄《すご》いんですよ。どれだけ雪が降ろうが完璧に除雪して、飛行機は必ず飛ばし着陸させるってことで有名なんです」

「あら、そうなの」

　冬に雪国へ行ったことはないけれども、吹雪《ふぶき》で飛行機が飛ばないとかはよく聞くニュース。

「旭川は、雪が特別多いのかしら」

「そんなに多くはないです。と言っても、東京の人が見たら驚くぐらいに多いと思うんでしょうけど」

　そうよね。冬の間はずっと雪があるんだから。

「今はもうほとんど雪が融《と》けていて、一年でいちばん汚い季節ですね」

「汚いの？」

　柊也が笑う。

「冬の間に雪で隠されていたゴミや埃《ほこり》やいろんなものが、雪解けで出てくるんですよ。マジであちこち汚いですよ」

春なんだから、いちばん良い季節かと思ったのに。

「すぐ雨が降ったり掃除をしたりしてきれいになりますよ。そして、桜も咲きます。でも、行ってる間は咲かないかも」

東京ではとっくに散ってしまった桜は、北海道ではこれから。四月の後半から五月のゴールデンウィークがいちばんの見頃。残念ながら、ゴールデンウィークが始まる前に行って帰ってきちゃうのだけど。

「桜の季節は卒業式や入学式って、もう小さい頃から刷り込まれてるじゃないですか。マンガでもドラマでも何でも」

「でも北海道は違うのよね」

「そうなんです。その頃はまだ雪がたくさん残ってたりするんですよね。桜の欠片《かけら》もない」

雪国育ちの柊也と、東京育ちのまひろちゃん。

私もずっと東京で暮らしていて、季節の風情《ふぜい》やそういうものが全部東京近辺のものになってしまっている。それが、作品にも表れていく。以前に、東京以外の場所を舞台にして短編を書いたことがあるけれども、そういう季節の描写に気をつけたわね。出身の人に尋《たず》ねたりして。

もしも柊也が一本立ちして、自分で建築物を設計するようになるなら、雪国育ちのそういうものが反映されたりもするんでしょうね。

＊

柊也の実家は、道路を隔《へだ》てて本当に自衛隊のフェンスの向かい側にあった。タクシーで走っていたら敷地内で走っている自衛隊員の人たちが見えたし、ずっと向こうには何か自衛隊の車両のようなものも。

「ここで育って自衛隊に入ろうとかは思わなかった？」

助手席で柊也が笑った。

「まったく思わなかったです。運動はそんなにも得意ではなかったし」

「見学とか普通にできるの？」

まひろちゃんが訊《き》いた。

「どうなんだろう。確か、一般の人に開放する何かイベントのようなものはあったように思うけど」

「まったく興味がなかったのね」

「なかったです。あ、でもですね」

信号を左にはいればもう家が見えるって言ってから、続けた。

「夕方に、たぶん勤務というかその日の終わりのラッパが鳴るんですよ」

「ラッパ」

また随分懐《ずいぶんなつか》しい響きねラッパって。

「学校の先生が言ってたんですよねラッパって。正確にはトランペットかな？　録音をスピーカーから流すんでしょうけど、それがすごく郷愁《きょうしゅう》を誘うようなメロディーで、たまに聞こえてくるといいなぁって思ってましたね」

夕暮れに、広い敷地に響き渡るラッパの音色《ねいろ》。確かに、いいわねそれ。

実家で暮らした頃の思い出。

私はずっと実家にいるものだから、離れたときの思い出とかがないのでちょっと羨《うらや》ましく思う。

「あれです。Uターンしてそこで停《と》めてください」

タクシーが反対側へ回って、停まる。ドアが開いて、舗道へ降りる。

小さな、お家《うち》。

「古いでしょう」

「でも、いい佇《たたず》まいよ」

木造二階建ての、柊也の祖父母が暮らした家。つまり実里さんにとっても生まれ育った実家だったところ。

建てたのは昭和二十年代後半だというから、もう築七十年にもなるであろう個人宅。私の家ほどではないけれども、相当に古いお宅。

お祖父さんは柊也が生まれる少し前にご病気で亡くなって、お祖母さんも柊也が二歳の頃にやはり病《やまい》で。なので、柊也は祖父母のことは写真でしか知らない。

シングルマザーとして柊也を育ててきた実里さんだけれども、この家があったというのは大きいわよね。どんなに苦しい生活でも、安心して寝るところがあるというのは本当に助かるもの。

「あれね、洋風の意匠があるわね。窓枠とか、屋根とか」

窓枠はさすがにサッシに替わっているし、外壁もほとんどのところが外壁ボードに替わってはいるけれども、元々がすべて木造で和洋折衷《せっちゅう》の建築様式なのがよくわかる。

「そうなんですよね。昔の写真を見るとわかります」

決して大きくない、むしろこぢんまりとした小さな赤いトタン屋根のお家。風情というものがものすごく感じられる。

「建築の道に進んだのも、こういう家で育ったからっていうのもあった？」

微笑《ほほえ》んで、柊也が頷く。

「たぶん、あると思います。友達の家とかに比べるとものすごく古くてちょっと変わってるよなって、小さい頃から興味を持ったのは確かなので」

柊也は平成生まれ。確かにこんな古い家で育った子は多くはないでしょうね。

「友達もうちに遊びに来るのを楽しんでいたんですよ。こんな縁側みたいなところがある家なんて、たぶんほとんどないので」

「そうなのね」

家の中は、しっかりと和風の造り。居間と隣の仏間の間の鴨居《かもい》には欄間《らんま》もあって、仏間に床の間もある。

きちんと暮らしていたのが、よくわかる。どこも煤《すす》けた風なところがない。家は人を表すとも言うけれども、実里さんの人柄もよくわかるような家。

「荷物を置いたら、行ってみましょう」


明るい陽射《ひざ》しが入り込むエレベーター前のロビー。

とても広くてまるでホテルのロビーのよう。置いてある椅子とテーブルはさすがにごくシンプルなものだけれど。

入院病棟だけれども、おそらく一フロア全部が軽症というか、比較的元気な患者さんばかりを集めているはず。重たい空気がなく、フロアのあちこちから話し声やテレビの音だって響いてくる。

病室まで行ってご挨拶《あいさつ》して、容態を伺《うかが》う。お元気な様子で、すぐにじゃあここでは何なのでロビーでゆっくりお話ししましょうと。

術後なのでさすがにゆっくりとは動いているけれども、まだ五十代の実里さん。身体《からだ》の動きに力も張りもある。むしろ私の方が病人に思えてくるぐらい。

顔は、全然柊也とは似ていないのよね。身長もどちらかと言えばその年代の女性の中でも低い方でしょうね。

以前にもそう思って、そういう話はしなかったけれども、柊也はたぶんお父さん似の男の子。顔も雰囲気《ふんいき》も、そして身長も。

「何か入院中なのを幸いにご自宅に押しかけてきたみたいで、すみませんね」

「とんでもない！　会えるのを楽しみにしていたんです」

明るい笑顔にくるくると変わる表情。

柊也はどちらかといえば物静かな男の子だったけど、芯《しん》の強さというものを持ってるとはっきりとわかる子。この元気で明るいお母さんに育てられたのね。

まひろちゃんと直接会えるのも嬉《うれ》しいし、私とまた話せるのも嬉しいって言ってくれる。

「本当に、まひろさんにも伽羅《きゃら》さんにもその、二人がね、はっきりと結婚とか決めてそういう話になる前に一度お会いしてきちんとしたかったんですよ」

結婚する、という報告をしてくる前にということね。

私もそう思っていたので、頷いた。

「私が、柊也くんの大家であり、おまけにまひろの祖母ですからね」

「そうなんですよね」

自分でも苦笑《くしょう》してしまう。そんなつもりはまったくなかったのに、とことんややこしい関係性になってしまっているのだけれど。

実里さんが、唇を一度引き締めるようにして結んでから、口を開いた。

「今日、来ていただけるというので、きちんとお伝えしようと思っていたんです」

「はい」

「柊也の父親のことです」

柊也の、お父さん。そして実里さんの夫。

本当なら、まひろちゃんの義父になるはずだった人。正確に言えば籍を入れていないのだから、法的には父親でもないし夫でもないし、義父になるはずもないのだけれど。生物学的には確かに柊也の父親。

柊也は、何ひとつ知らないという。自分の父親が誰なのかを。いろいろと考えた時期もあったけれども、母親が何ひとつ話そうとしないのだから、そういうときが来るまで訊かないと柊也は早いうちから決めていたって。

きっとその話になるだろうなって考えていた。

その話をしないと、はっきりとさせないと、まひろちゃんと柊也の結婚にたとえほんのわずかであろうとも何か暗いものを残してしまうから。

順番を考えるのなら、まひろちゃんの父母である達明とひろみさんと最初に話すべきだろうけれども、そもそもが血の繋がりがない親子で、いちばんまひろちゃんと柊也と関係が深いのは、大家であり祖母である私だから。

いいわよね、そういう順番で。

「私は、父にも母にも、何ひとつ話さなかったんです。そのまま父母は、何も知らないまま逝《い》ってしまいました。今日も柊也の父親が誰かというのは、話せません」

でも、と、まひろちゃんと柊也を見る。

「人に言えないというのは、たとえば犯罪者とか、ヤクザ者とか、考えたくもないけれど強姦されてできたとか、そういう理由ではないのよ。それはもう本当に本当。柊也の父親は、ちゃんとした人です。普通の、きちんとこの国で社会人として生きる人。今も、たぶんまだ生きている人」

まひろちゃんが、こくんと頷いた。

「安心してね。あなた方のこれからに悪い影響を与えるとか、そんなことは一切《いっさい》ないから。本当に、本当よ」

「わかりました」

まひろちゃんが微笑むけれども、柊也は頷きながらも何かを考えている。

ほじくり返そうとはまったく思わないけれども、そういうような理由ではないのなら、誰にも話せないというのは。

思いつくのは、ひとつだけ。

「でも、ここまで話しちゃうと、わかる人には、ある程度の想像がついちゃうかもしれないんですけど」

私を見る。

そうね、つくわね。

「私が、物語にしましょうか」

「物語？」

三人が同時にその言葉を言って、私を見る。

「私は、小説家でもありますからね。物語の設定を考えるのは息をするより簡単で自然なことなので、つい考えちゃうんですよ。シングルマザーが、息子の父親が誰であるかを絶対に話せない理由。どうでしょうね」

「話してみてください」

実里さんが、ゆっくりと頷きながら言う。

「失礼な物言いになってしまうでしょうけれども、相手が犯罪者とかそういう類《たぐ》いの人間ではないというのなら、次に最も簡単に思いつくのは、不倫でしょうね」

不倫。

まひろちゃんが、声に出さずに口の中でそう言って、少し眼を大きくさせる。

「この物語のね、主人公の女性が、そうね、就職したのよ」

きちんと学校を卒業して、自分の進路を決めて、会社に就職した。きっとごくごく普通の女の子。

「その就職した会社はそこそこ大きくて社員もたくさんいるの。何故《なぜ》大きいかは、社員が少ない小さな会社だと、不倫とかそういうものは存外《ぞんがい》にすぐにわかってしまうものだから」

現実にはそんなことはないのかもしれないけれど。大きかろうと小さかろうと、ばれるものはばれるし、隠されるものは隠される。

「主人公の不倫の相手は、上司ね。それも尊敬できる立派な男性よ。どういうことがあって二人がそうなってしまったかは物語の肝《きも》にもなるから簡単に考えられないけれども、とにかく主人公の女性は尊敬できる立派な上司とそういう関係になってしまった。もちろん、相手の男性には家庭がある。素敵な奥様と、可愛《かわい》い子供」

そうでなければ、ならないわよねこの場合は。

「まぁ不倫をするような男が立派と言えるかどうかという問題はあるでしょうけれども、それは関係ないわ。男と女ってそういうふうになってしまうことがあるのよ。どんなに互いにちゃんとした人であろうとね」

それは、長く人生を生きて見つめてきた人なら、あるいは人間というものをよく知ってしまった者なら理解できるものよ。

善悪とか、損得とか、そういうものさしで測るものではない。測れるものでもない。

そもそも人の感情は測れるものではないのだから。

「これはまぁ、私の経験上もそうよ」

私も、今の言葉で言うならシングルマザーだった。あの頃にそんな言葉なんかなかったけれども。

まひろちゃんが頷いている。さんざんその話をしたわよね。自伝には書かなかったことも含めて。

「そして、上司と恋愛した主人公は妊娠した。それは、嬉しかった。愛した人の子供を産むことが。けれども、相手をも手に入れようなどとは思わなかった。思えなかった。この辺の理屈も物語ならば重要な部分だからおいそれとは考えられないわね。その人にそうすると決めた理由があったのだから。とにかく、主人公は一人で産んで育てる決心をした。もちろん、相手にも告《つ》げずに」

「言わなかったんですか。その男性にも」

まひろちゃんが、眉間《みけん》に皺《しわ》を寄せながら言う。

「言わないのよね。言ってしまったら問題が大きくなる。その男性は立派な人なんだから認知しようとするでしょう。あるいは家庭を捨てて主人公と一緒になるかもしれない。そういうことを、主人公は考えなかった。愛した人にそういうことをさせたくなかった。だから会社も辞《や》めるの。一身上《いっしんじょう》の都合で。辞めることで、相手の上司との関係も終わらせた。ひょっとしたら主人公が就職した会社は地元じゃないのかもね。そうじゃなきゃ、子供を産んだことが簡単に知られてしまうかもしれないから」

実里さんは、じっと聞いている。時折小さく顎《あご》を動かして、私を見つめながら。

「だから、主人公は実家に帰り、職を替え、一人で子供を育ててきた。育て上げた。その子の父親である上司は何も知らない。若い頃に愛した、愛し合ってどこかへ消えてしまった部下は今頃どうしているだろうかと思うこともあるかもしれないけれど、きっと幸せに自分の家庭を大切にしながら生きている」

そういうことじゃないかしら。

「これならば、主人公が決して子供の父親が誰かを言えない理由になるでしょう？　どうかしら実里さん」

「なりますね」

充分《じゅうぶん》に、ってしっかり力強く頷いた。

「その時点では、誰もが幸せだったんですよ。そりゃあ、娘がいきなり妊娠して帰ってきた親にしてみればとんでもない出来事だったでしょうけど、孫ができたこと自体はとても喜ばしいこと」

「喜んだのよねきっと」

「喜んでいましたよね」

実里さんが、微笑む。

そういうことなんでしょう。私の物語の設定が、当たらずといえども遠からずでしょう。

「同じ女として、まひろちゃんどうかしら」

訊いたら、静かにまひろちゃんは頷く。

「理解は、できます。もしもそれが自分の大切な友人であれば、言いたいことは山ほどありますけど」

「でしょうね」

まひろちゃんはそういう子。

友達思いで、真面目《まじめ》な女の子。

「柊也は？　男性の立場としてはどう。まだ若いし経験がないから難しいかもしれないけど」

本当に難しい顔をしたわね。

「物語とするなら、その主人公の選択に文句を言ったりはしないですね。そういう人生もあるんだろうねって思うだけです。男としては」

首を捻《ひね》って、苦笑《にがわら》いみたいな表情。

「その上司の方の立場は、気持ちはわからないですね。とにかく知らされないんだから。ただ若い女の子と遊んでしまったとでも思ってるかもしれないし。でも、知らされたとしても、そういうちゃんとした男なら自分で出した結論にああだこうだは言わないと思います。後悔することはあったとしても、そのせいで自分が不幸になったとか、そういうのはないいんじゃないかなって」

「そうね」

ちゃんとした男だったら、後悔はしてもそれで主人公を責めるようなことはしないでしょう。

「だから、いいと思いますよ。誰かが不幸になったわけじゃないし。そこで生まれた子供ももう社会人なんだろうから。それに、ある意味では主人公の究極の我儘《わがまま》ですよねそれって」

「我儘ね」

「もちろん、誰にも迷惑を掛けていない我儘かもしれないけど、少なくともその子供には父がいないっていう状況を与えてしまっているじゃないですか。でも、親子なんてそんなものでしょう。親の我儘と子供の我儘を言い合って受け入れ合って、生きて行くもんじゃないですか」

確かに、そうね。親だからって立派なはずがない。子供はそもそも我儘なもの。親子は、我儘のぶつかりあいでお互いに成長していく。上手《うま》いこと言うわね柊也。

「だから、いいと思いますよそれで」

実里さんの眼が少し光を集めている。潤《うる》んでいる。

いいんじゃないかしらね。この話はこれで。達明とひろみさんもそれで納得するだろうし。

「でも、あの」

まひろちゃんが、実里さんに言う。

「もしも、主人公が相手の男性の幸せを願うことでそうしたのだとしたら、子供も元気に生まれてとりあえずはハッピーエンドでそこで物語が終わったのだとしても、物語にはエピローグってありますよね」

「エピローグ？」

「あるわね」

実里さんがきょとんとしているから、私が頷いた。

どんな物語でもそれはつけられる。

「そのエピローグを、主人公の子供が作ってもいいわけですよね。エピローグというか外伝みたいな話になっちゃうんでしょうけれど」

「外伝ね」

何を言いたいのかしら。

「主人公の物語を読んだ子供が、自分の生物学上の父親を捜してみても、顔を見に行っても、すごく極端《きょくたん》な話ですけれど、自分のことは隠してお知り合いになってみてもいいですよね。外伝なんだから」

あぁ、そういう話。

そうね。まひろちゃんも、お母さんに、生みの母親に会ってきたのだから。そういうことか。

柊也も、気づいたわね。

「主人公が働いていた会社なんてきっとすぐにわかりますよね。子供が捜そうとしたらすぐに捜せると思うんです。きっともう、主人公が愛した人は定年を迎えているかもしれませんよね。孫がいるおじいちゃんになっているかもしれない。人生の終わりにさしかかっているかもしれない」

実里さんも、わかった。

唇を少しきつく結んでから、まひろちゃんに言った。

「ひょっとしたら、亡くなっているかもしれないわね。年齢的には、まだご存命だろうとは思うけれども」

想像でしかないけれど、就職したときの直接の上司ぐらいの年齢なら、主人公の女性とは十歳ぐらいの差でしょうね。

それなら、まだ全然お元気な年齢。仮に二十歳の差があったとしても、まだ私ぐらいの年齢。

「そうですよね。どんな人なのか、見てみたい。話さなくてもいいし、会わなくてもいい。あの人が自分のお父さんなのか、というのを自分で納得したいとその子供が言ったら、主人公の女性は、いいわよって頷いてくれると思うんですけれど、どうでしょうか。どう思いますか」

「それはもちろん」

実里さんは、小さく微笑む。

「その子供がそう言うのなら、きっと頷くと思う。いいわよって。どこにいるのかはたぶん知らないんだろうけど、当時いた場所ならわかるでしょうね。名前もわかっているんだから捜そうと思えば簡単に捜せるはず。教えると思う。ただ、自分が人生をかけて築き上げた今を、できれば壊さないでほしいなってお願いしながら」

まひろちゃんにではなく、柊也に向かって言う。そうよね。

たぶん、そういう話になることも実里さんは想定していたはず。

私がいて、物語にしましょうなんて言い出したから幾分かはオブラートに包まれたから、ちょっと良かったんじゃないかしらね。自画自賛みたいだけど。

柊也も、軽く頷いて聞いていた。

「そのときが、来たらだね」

柊也が、言った。

「まぁとりあえず、現実の話に戻ると、少なくとも生物学上の父親は、普通の人だってことがわかっただけで、一安心してる」

そうね。それだけでも良かったわ。

今、このときに聞けたからそう思えるんでしょう。まひろちゃんというパートナーを得て、その大事な人のためだからそう思える。もっと以前に、若い頃に教えられたらまた違った思いを抱いたはず。

「これで、達明とひろみさんにも素直に会いに行けるわね」

「あ、そうそう。ちゃんとお土産《みやげ》を持っていかせようと思って」

メモを書いておいたんだって。旭川の名物のお土産。

「実はね、実里さん」

「はい」

「お見舞いに来たというのも本当なのだけれども、私の話も聞いてもらいたくて来たんですよ」

「伽羅さんの、お話」

病の話。

実里さんも何かの闘病中ならさすがにそんな話を聞かせるのは酷《こく》だろうけれども、盲腸の手術後は大丈夫よね。

「ガンが転移しちゃったの」

私が以前に治療したことを知っている。また治療をしなければならない。けれども、無理なことはしないというのを話す。

「大丈夫ですよ。いえ軽々しく言うのもあれですけれど、そういうものはすごく進んでいるという話も聞いていますす」

「そうね」

それでも、私が生きられる時間はもう随分と限られているはず。

「あと何年生きられるかなんて、もちろんどんな人だろうとわからないのだけれども、私はさすがにもう十年は無理。ひょっとしたら来年もわからない。だから、家の話を柊也くんにきちんと伝えたんですよ」

「伽羅さんの家、ですね」

「そうです」

あの家を、まひろちゃんに遺《のこ》すつもり。

それはつまり、柊也に遺すというのと同じことになるはず。このまま二人が別れなければ、の話だけれども。

「実里さんにも、それを承知しておいてほしくて」

柊也にももちろん、あの小さな素敵な家が遺されるはず。どうするかは若い二人の好きなようにさせるのだけれども。

「柊也には、その選択肢もあるということを」

もちろん、そんなことには決してならないとは思うけれども。

「家族間で揉《も》め事にはならないように、きちんと書面にします。うちの息子たちにも、この後で話して」

四　息子の暮らす家

東京ではない場所に行くとよく感じることだけれども、空気が本当に違う。

北海道は特に違う気がしている。旭川《あさひかわ》空港で飛行機から降りて外に出た瞬間に感じたもの。全然違うって。

澄みながら乾いている。

「それは、よく感じますよ」

柊也《しゅうや》が少し嬉《うれ》しそうに微笑《ほほえ》んで言う。

「特にお盆に旭川に行って東京に帰ってくると、強烈に。それこそもう飛行機のタラップから何て空気が重いんだって」

柊也ももう東京に居《きょ》を移して七年になるから、すぐに慣れてしまってそう思わなくなるけれどもって。

「そうよね。軽いわよね」

大げさに言えば重力が違うんじゃないかってぐらいに、澄んだ乾きを感じた。本州の他の地方や九州とかの空気とはまた全然違う。

「そういう話なら、同じ北海道でも旭川と札幌《さっぽろ》ではまた違いますよ。僕は何度かしか行ったことないけれど、札幌はとにかく風が吹く街だなって」

「風が強いの？」

「旭川が盆地で、風があまり強く吹かない地域なので、余計にそう感じたんだと思います」

柊也が初めて札幌に行ったのは中学生のとき。そのときに、駅に降り立った途端《とたん》に風が強いって思って、滞在中にもずっと風が吹いているのを感じていたって。

「僕の中で札幌と言えば風の街のイメージ。きっと住んでしまえばもう気にならなくなるんだろうけど」

「そういうものよね」

ＪＲ北海道の旭川駅から電車で一時間半。札幌駅は、人が本当にたくさん行き交っている。

「東京のどこかの駅と全然変わらないですね」

まひろちゃんが言うので、頷《うなず》いた。同じＪＲの旭川駅がどちらかといえば閑散《かんさん》としていたので余計に感じる。

さすが北海道の都、政令指定都市。人口は一九〇万人ぐらいだったかしら。

札幌駅まで迎えに来ると言ったまひろちゃんのお母さん、ひろみさんには、見物がてらのんびり行くからいい、と言っておいた。

ひろみさんは、元々達明《たつあき》のスーパーの社員だった人で、そこで達明とも知り合った。結婚した今は働かなくても経済的にはまったく心配ないのだけれど、そのままこっちの店でもパートとして働いている。子供もいないし、そもそも家でじっとしていたり、ただ夫が帰ってくるのを待っているようなのは性《しょう》に合わない人。

まひろちゃんの話では、とにかく明るくて元気で、いつも笑顔でいるような女性。どちらかといえば物静かなタイプのまひろちゃんとは正反対だけれども、きっとそれも良かったのだと思うわ。

複雑な関係の母と娘だけれども、とても仲良く、いい関係を築いて過ごしてこられたのはひろみさんのその性格によるところが大きかったのだと思う。

達明とひろみさんが住んでいる借家《しゃくや》までは、札幌駅から地下鉄の南北線というものに乗り、ほんの数分で着く北18条という駅で降りるらしい。札幌は地下鉄の路線もシンプルでわかりやすくていい。

まだお昼前の十一時半。少し早いけれども、お昼ご飯を食べてから行こうと決めていた。ひろみさんがパートから帰ってくるのは午後の三時頃でそれまでに着けばいい。食べるお店も、ひろみさんにちゃんとまひろちゃんが聞いていた。

札幌駅のすぐ近くにある鮨屋。普段はとても気軽には食べに行けない回らないお鮨屋さんだそうだけど、ランチタイムにはお手頃なお値段でとても美味《おい》しいセットがあるんだとか。人気なのですぐに売り切れてしまうけれど、お昼前に入れば、たぶん大丈夫だと言っていたそうで、その通りだった。

白木《しらき》のカウンター席と、テーブルが二つに奥に小さな座敷。こぢんまりとして、清潔さが漂《ただよ》うお店の中にはまだ一組しかお客さんが入っていなかった。

テーブル席に座らせてもらって、ランチを注文。

「家は、北海道大学のすぐ近くなのよね」

「そうです」

まひろちゃんが頷いて、柊也がいつも持ち歩いている小さめの iPad を出してマップを見せてくれた。

北海道大学。地図で見るだけでもその敷地《しきち》の広さがよくわかる。

「家はここです。地下鉄駅から歩いて五分も掛からないって」

まひろちゃんが指差す。その辺《あた》りはごく普通の住宅街で、小さいけれどもとてもいい雰囲気《ふんいき》の借家だそう。もしも貸主《かしぬし》にその気があるのなら、そのまま買い取ってもいいって話もしているらしい。

「マンガで、北大の中は冬歩くと遭難《そうなん》するってあったけれど」

まひろちゃんが言うと、柊也が笑った。

「まぁ半分冗談だけど、半分はマジだよ」

「本当なのね」

「北大に限らず、雪国はどこでもそうだと思いますよ。吹雪《ふぶき》の日に長い距離歩くのは、ましてや何もないこんな広い敷地だとマジでヤバいです。吹雪を嘗《な》めてはいけません」

「要は嵐だものね」

「そうです。雪の嵐。中学の頃なんですけど、近くの神社に同級生たちと初詣《はつもうで》に行こうとしたんです。元日の朝というか、夜中の一時頃ですね。家から近くの神社までは二キロか三キロぐらいかな。歩いても余裕でしょう？　中学生なんだから」

「ところが、吹雪《ふぶ》いたのね」

そうなんですよ、って。洒落《しゃれ》じゃなくってと柊也が頷く。

「待ち合わせて歩き出したら急に吹雪いてきて、最初はわーわー言いながら歩いていたんですけど、半分も行かないうちにこれはちょっとヤバいぞって思うぐらいになってきて」

雪国育ちで、服装ももちろんしっかりとしているのに身の危険を感じるのは、かなりの吹雪ってこと。

「道路向かいは自衛隊の広い敷地だから、風が吹きさらしになってしまって凄《すご》いんですあの辺は」

「それでどうしたの」

「途中からランニングです」

走った。

「六人いたのかな。もう前なんか何にも見えないけど神社にはこのまままっすぐ進めば着くんだからって。着けば何とかなるので大声出しながらずっと走って辿《たど》り着きました」

若いからできること。

「でも、本当に危ないんですよ。北国に住むことはないと思いますけど」

「そうね」

私は東京のあの家で死んでいくし、柊也も、少なくとも若いうちには北海道に帰る気はないって以前に言っていた。年を取って、もしも暮らしに余裕ができて、故郷に終《つい》の住み処《すか》を持とうなんていう気になったらわからないけれどもって。


煉瓦色《れんがいろ》、かしら。

地下鉄駅から階段を使って地上に出て、ゆっくりと静かな住宅街を歩いて本当に五分ぐらい。あそこですね、ってまひろちゃんが指差した家を見て、あら、まぁ、って言ってしまった。レンガ造りの我が家とほとんど同じような色。ただし、レンガではなく外壁材でしょうけど。

「家は、あれだったのね」

見たことある。北欧風の住宅メーカーの家。今の今まで写真も見たことなかったし、ただ貸家を借りているって聞いただけだったから。

「ここの家はいいんですよ」

柊也が何故《なぜ》か嬉しそうに言う。

「窓は三重でセントラルヒーティング。冬の間、全部の部屋が同じ室温になってとにかく暖かいです」

「そうなのね」

冬はどこでもそうだろうけど、暖房のある部屋は暖かくて、ない部屋は寒い。でも、セントラルヒーティングなら家の中はどこでも同じ温度で、暖かい。

「友人の家もこれなんですけど、北国では理想に近い家ですね。欠点は、寒い部屋がないってこと」

「え、それは良いことじゃないの？」

「良いことですけど、冬の北国では寒い部屋があればそこは天然の冷蔵庫や冷凍庫になるんですよね。うちの母もそうですけど、野菜なんかを玄関に置いておくんです」

なるほど、そういうこと。

「じゃがいもとかは少し寒いところの方がいいものね」

それがこのタイプの集中暖房の家だと、玄関からすべての部屋が暖かくなってしまうから、寒いところがないということね。

煉瓦色の外壁に白い柱、玄関も白くて全部がその表面は木材。白く塗られた素朴な形の柵があって小さな庭を囲んでいる。小さいけれども、本当に雰囲気の良い家。貸主はどんな事情があって貸し出ししているのかってちょっと余計なことを考えてしまった。

三人で外から見ていたら、白い玄関ドアが開いた。

「いらっしゃい！」

久しぶりの、ひろみさんの笑顔。

後ろには、同じく久しぶりの息子の顔も。ちょっと太ったんじゃないかしら。

フローリングの床に、壁もまっすぐな板木が張られた居間。大きな梁《はり》も木材。

「本当にどこもかしこも木なのね」

「最初は音が反響するのにちょっと慣れませんでした」

ひろみさんが言うけど、そうね、普通の室内の壁材よりはこうした木材は音が響く気がするかもね。

達明は、仕事を早めに切り上げて帰ってきたんだとか。

皆で晩ご飯を食べて、今日はここに泊まる。元々が四人ぐらいの家族でも暮らせる家なので、部屋は余っているから大丈夫だと。

無垢《むく》のテーブルが置かれた居間に、皆で並んで座って、紅茶。

「訊《き》いていなかったけれど、この家はどうして貸家になっていたの？　とても素敵な家なのに」

築三十年になる家だというのは聞いていた。そんなに経《た》っているとは思えないほどに、とても大切に使われていたのがすぐにわかる、手入れされた家。

「後から貸主さんご本人から聞いたんですけど」

ひろみさんが、少しだけ眉《まゆ》を顰《ひそ》めた。

「離婚されたんですって。それで、奥様が子供と一緒にそのままここに」

夫が浮気して出ていって離婚して、奥さんは慰謝料《いしゃりょう》代わりに自宅をそのまま貰《もら》った、と。それならまぁ割りとしては良かったんじゃないかしら。ある意味では気前の良い男だったわけね。

「それで、お子さんも独立した頃に、故郷の実家で独り住まいしていたお母様が認知症になってしまって」

「あら、まぁ」

「こっちに呼んで介護しながら二人で暮らすことも考えたそうなんですけど、どうしてもお母様は自分の家から、地元から離れたくないって」

「それで、ここを貸家にして奥様ご自身が実家の方に帰ったってことね。どうせ自分も一人暮らしだからって」

「そうです」

この家を売ってしまって実家に帰ることも考えたのだけれど、ひょっとしたら早いうちに戻ってくることになるかもしれない。それに、お子さんがまだ売らないでほしいと言ってきた。

そうよね、自分が生まれ育った家がなくなるのって、人によっては一大事。大変なことよ。

「でも、結局奥様も向こうで仕事を見つけているし、遅かれ早かれ売ることになると思うので、もしもそのときにまだお住まいのままであれば」

「購入してほしいと先方も仰《おっしゃ》っているのね」

「まぁでも、そういう話をしてもらって二年ぐらい経っているからね。そろそろ僕らの方で決断した方がいいかなと思っているんだけど」

「このまま住むか、どこか違うところに家を建てるかってこと」

そう、って頷いて、達明が外の方を見た。

「この辺りは便利だし家も気に入ってるけれど、札幌市内じゃなくても近郊であればかなり安くてすごく広い土地が買えるんだ。通勤にはＪＲがあればまったく支障がないからさ」

「その話は、もう貸主さんとはしたの？」

二人で頷いた。

「だから、向こうもそれならってね。子供とも話し合って早めに結論を出すって言ってくれた。どうせ売るのなら、まぁ自分でそう言うのはあれだけど、僕らみたいな良い人たちに買ってほしいからって言ってくれてさ」

笑ってしまった。確かに、我が息子ながら善人であることだけは保証できるわね。

「そうよ達明。家の話になっちゃったので、そのままあっちの、東京の我が家の話をしようかと思ったのだけれど」

「うん？」

「その前に、あれよね、柊也」

「そうです」

柊也が背筋を伸ばした。

「遅くなってしまいましたけど、改めて、ひろみさんにははじめまして。野洲《やす》柊也です。まひろさんと結婚を前提にお付き合いさせてもらっています」

柊也が、頭を下《さ》げる。まひろちゃんも一緒に。

ひろみさんと達明は、あぁそういうことか、と居住《いず》まいを正《ただ》してから、にこにこしながら二人を見て同じように頭を下げる。

確かに直接会うのは初めてだけれども、パソコンの画面越しには会っているからね。本当に改めて、よ。

「いや、あれなんだよね。ひろみには話していたんだけれども」

達明が嬉しそうに笑っている。

「何を？」

「まひろちゃんに母さんのところで働いてもらうのはどうだろうって話をひろみにしたときに、当然柊也くんやタロウくんのことを考えたんだよ。若い男が住んでいるところに住み込みってどうなんだって」

それは当然のことね。

「でも、ふっ、とね、柊也くんとまひろちゃんはとても似合うんじゃないかって思ったんだ。ひょっとしたらこんなことになるかもなんて」

「言ってました」

ひろみさんも微笑んで言った。

「私は、柊也くんのことはわからなかったけれど、達明さんはずっと言ってたんですよ。二人は似合ってるって」

達明は、柊也のことを随分《ずいぶん》気に入っていたものね、うちに来たときから。

「二人ともそう思っているから、結婚については、時期をいつにするかだけの話だと思うのよ。ひろみさん、母親としては」

ひろみさんは大きく頷いた。

「もちろん、二人が決めることですから。私がどうこうなんて思ってないです。とても嬉しいです」

そうよね。

「じゃあ、本当のね、そういうご挨拶《あいさつ》はまたそのときに改めてしてもらうことにして、我が家の話をしようと思ってね」

三原家《みはらけ》の家。

「まひろちゃんと柊也が結婚したのなら、そのままあの家を二人の家にしてあげたいって思ってるの。どうかしら達明。本来ならあなたに受け継がれるのが筋なんだけど、あなたの娘であるまひろちゃんに遺《のこ》すのは」

達明が、そりゃもうって言いながらまひろちゃんを見て、それから私に向かって頷く。

「僕は、さっきも話したけれど、このままこっちにひろみと二人で住みたいって、住もうって考えているから。まひろちゃんがずっとあの家に住んで、受け継いでくれるのは本当にもう願ってもないことなんだ。そうなんだけど」

少し顔を顰《しか》めたわね。

「その話を、今持ち出してきたってことは、いや二人の結婚の話に合わせてもそうなんだろうけど、母さん。まさか」

「そのまさか、ね」

ガンの転移の話をする。

驚いたりはしないわよね。

「親が子供より先に死ぬのはあたりまえのことなんだから、そうショックを受けることでもないでしょう。前のときも転移があるかもって話をしたのだし、そうなったらもう最後だねって」

まぁ、って少し唇を尖《とが》らせて、達明は頷く。この子、唇を尖らせるのが癖《くせ》なのよね。小さい頃からずっと変わっていない。

「もちろん、治療はするんだよね？」

するわよ。

「悪あがきはしないけれどもね。仕事しながら、普段のままで、あの家で暮らしながらよ」

「いやでも、すると、今更《いまさら》の話だけど、まひろちゃんに母さんのことを何もかも全部任せちゃうみたいなことになっちゃうからさ」

「でも、そのときって、いえ今言うのもあれなんですけど、私がパートを辞《や》めて東京に戻って一緒に暮らすこともできますから」

「大丈夫です」

まひろちゃんが、しっかりと大きく頷いて二人に向かって微笑んだ。

「わたしはからさんのマネージャーで、しかも孫です。一緒に暮らしている祖母の世話をするなんて、特別なことじゃありません。あたりまえのことです。それに」

私を見て、悪戯《いたずら》っぽく笑う。

「お給料も貰っているんだから、介護サービス含む、みたいなことになっちゃいますよね」

「いやね人を老人みたいに。老人ですけどね」

皆で笑う。

「わたしと柊也さんが結婚するのはまだ先の話だし、からさんの治療だってまだこれからです。始まったとしても、寝込んだりすることもなく何年もずっと元気でいる可能性もあるんだから」

「そうよ。ひろみさんの孫が生まれるときにも私は生きているつもりですからね。そのときまひろちゃんは産休ですから、ひろみさんには達明のことなんかほっぽっといて家に手伝いに来てもらいますよ」

「もちろんです！　何をおいても駆《か》けつけます」

「いや僕も行くよ」

私の生き死ににについての話なのだけれども、それは同時に、幸せの匂いしかしない若い人たちのこれからの話になっていった。

人が生きて、生き抜いてそして逝《い》くって、そういうことよね。


達明が支社長になった、新しく北海道にも進出した埼玉が拠点のスーパー。こちらのスーパーとの提携《ていけい》があってそうなったらしいけれど、そのお店に皆で歩いて行って夕食のお買い物。

もう開店して三年近くが過ぎ、すっかりこの辺りにも馴染《なじ》んで業績もそれなりにいいらしい。

達明曰く、日常使いのものが何でもあるスーパーのような業種は、業績が悪いのは困るけれども、良過ぎるのも困る、らしい。同業他社と抜きつ抜かれつして、あるいは得意分野を別々にして、ほどほどにお互いが生き残っていくのがちょうど良い。

スーパー、好きなのよ。もうずっと買い物もまひろちゃんに任せてしまっているから行く回数は減っているけれども、毎日の食材を買うのは単純に楽しい。

確かに、野菜はあそこが安いとか、お肉はあっちで買おうなんて考えるのは二、三ヶ所あれば充分《じゅうぶん》だし、その方がずっと良いし健全だ。一ヶ所だけでも困るし、多過ぎても困る。

夜のご飯は、ジンギスカンにしてもらった。

柊也の話だと、柊也のお母さんが子供時代には、一家に一台はジンギスカン鍋があったとか。月に二、三回、つまりは今夜はお肉を食べようとなったときには常にジンギスカンだったらしい。

柊也の子供時代にはもうそんなこともなくなっていて、家で肉を焼くときには、ごく普通のホットプレートを使っての焼き肉。ラム肉でジンギスカンもときには食べたけれども、ジンギスカン鍋は使ったことはなく、そもそもあの家にはなかった。

「だから、久しぶりに見ましたこの鍋」

東京出身の二人は、こっちに住み始めたときに真っ先にジンギスカン鍋を買ったのだとか。

「ご近所に話を聞いたら、やっぱり今では家庭ではほとんど使わないって。お花見のときとかキャンプのときぐらい」

「ホットプレートとどう違うの？　やっぱりこの丸みで、脂がここに溜《た》まるのがいいのかな」

「そういうことよ。野菜がここで脂で煮えるようになるのが美味しいんだって」

まひろちゃんとひろみさんが一緒にこうやって傍《そば》にいて話しているのを見るのは、私もほとんど初めてのこと。

新鮮ね。

まひろちゃんがちゃんと娘に見えるし、ひろみさんがお母さんに見える。それぞれの口調《くちょう》も、母《おや》娘《こ》のそれが出ている。私たちといるときとはまるで違うまひろちゃんがそこにいる。

「ひろみさんがまひろちゃんを引き取ったとき、二十七歳だったのよね」

「そうです」

「興味本位みたいな質問になっちゃうけれど、まだ独身で、亡くなったお姉さんの子供を引き取って、なおかつその子は姉の実の子供ではないというのはどういう心持ちだったのかしら」

あぁ、って苦笑《にがわら》いをする。

「大丈夫です。もう二十年近くも前ですけど、何度も訊かれたので」

こんなにちゃんとしたお嬢さんになったまひろちゃん。そのまひろちゃんを、ほとんど一人で育て上げたひろみさん。

「何か、ものすごい覚悟や葛藤《かっとう》や苦労がって思われるんですけど、何よりもまず、姉が連れてきて私の姪っ子になったまひろに私が一目惚《ひとめぼ》れだったんですよ」

「一目惚れ」

「まだ三歳かそこらのまひろが本当に可愛《かわい》くて可愛くて可愛くて、会ったその日から即溺愛《できあい》です。叔母バカでした」

まひろちゃんが、恥ずかしそうに、嬉しそうに照れ笑いする。

「だからもうそこで私はまひろを育てるアドバンテージを得ていたんだと思うんです」

アドバンテージとは。

成程《なるほど》、なかなかユニークでいい表現ね。

「その後に姉を失ってまひろは一人になってしまったんですけど、私はもうまひろを溺愛していて、この子は私の最も大事な大切なものという確固《かっこ》たる信念を心の中に固めていたんですよね。だから」

「自分がまひろちゃんを育てることに、何の迷いも憂《うれ》いもなかったのね」

「そうなんですよ。だって愛する姪っ子と暮らせるなんて、ずっと一緒にいられるなんて最高じゃないですか。姉を失った悲しみは別にして」

本当に嬉しそうに言うものだから、思わず笑ってしまった。

「確かにそうね。何の迷いもないわね」

愛するものと一緒にいられるのだから、そんな嬉しいことはない。

「だから私の中では、今もまひろは愛する〈姪っ子〉なんです。娘だなんて、自分の子供になったのだから、なんて思ったことは一度もないんですよ。それと、これはちょっと冷たい言い方になってしまいますけど、まひろは姉を母なんて認識しないまま失ったし、そもそも実の母でもないので、母を失った子供なんだっていう思いを私は一ミリも抱《かか》えることはなかったんですね」

あぁそうか。

「同情とか、憐憫《れんびん》とか、そういう感情をまひろちゃんに向けることも一切なかった。向けるどころか、本当になかったのね」

「なかったんです。だからもう、ただひたすら姪っ子ラブな叔母さんでしかなくて」

そういう思いが、十何年間も、今も消えずにひろみさんの中にあるのね。

「良かったのかもね。まひろちゃんは母親と思って育ってきたけれど、ひろみさんは姪っ子として見てきた。そのほんの少しの思いの差が、まるで強い陽射《ひざ》しを柔《やわ》らかくさせるレースのカーテンみたいに、良い方向に向かわせていった」

あぁ！　ってひろみさんが嘆息《たんそく》した。

「すごいいい表現です。なんか自分でも腑《ふ》に落ちました。そうなんだと思いますよ。その頃から今も変わらずに、私とまひろは仲良しなので。ねぇ？」

「うん」

まひろちゃんも、微笑んで頷く。

「本当のお母さんじゃないって聞かされても、全然ショックとかなくて。あぁそうだったのかって。でも私はお母さんが大好きだったので、別に問題ないしと」

ひろみさんのまひろちゃんに対する思いを、まひろちゃんは素直に受け止めていた。

そうか、そういう思いでいいのね。ひろみさんはやっぱり明るくて素直な女性だったのね。

「でも、何か不思議なんですよね。私も幼い頃に親が離婚して、早いうちからシングルマザーになった母に育てられて」

「ほら、僕もね、父親というものはいない子供だったわけだから。不思議な縁というか符合《ふごう》というか、柊也くんと同じ境遇《きょうぐう》だよね」

達明が言う。そうね。確かに。

「ここに集まった人で、両親が揃《そろ》っていた人はいないのよね」

私自身も、母親が不在だった。

「思えば、不思議な縁ね。そういう人ばかりが集まってしまったのは」

「でも」

柊也が言う。

「達明さんは、お父さんが俳優だというのは聞かされていたんですよね」

「うん」

「父が俳優で、母がからさんというのは、とてもすごい環境だと思うんですけど」

あぁ、そうだねって今度は達明が苦笑いした。

「まぁ僕の場合は小さい頃から父親が誰かというのは知らされて育ってきたから、柊也くんとは少し違うかもしれないけど」

父親が俳優で、母親が詩人で、画家で、小説家。会ったこともないけれど祖父は香道《こうどう》の師匠。

「ものすごい家系に生まれたんですよねお義父さんは」

「いや本当にね。何というか、クリエイティブな人ばかりの血を引いたのに、僕は全然そんな人間になれなかったんだよ。なろうとも思わなかったんだけどさ」

「思わなかったんですか?」

まひろちゃんが訊いた。

「そう、まったく興味がなかった。もちろん、普通に映画を観たり、マンガを読んだり、小説を読んだりはしてきたんだよ。家には山ほどそういうものがあったからね。嫌いじゃないし、むしろ趣味は読書や映画観賞って言えるから。よく絵を描いたしね。画材はいっぱいあったから」

「好きだったわよね絵を描くのは」

「けっこう上手《うま》かったよね？」

「上手《じょうず》だったわよ。写生はね。眼が良《い》いんだなって思っていたわ」

観察眼、かしらね。そして、正確性。

「自分でも思ってたよ。写生とかは上手いなって。それでも、父親みたいにとか、母親みたいに、なんていう気持ちにはまったくならなかった。わかんないよね。自分が何者になるのかなんて」

「わたしもそうでした。まさか自分が文章を書く仕事をするなんて思ってなかったです」

そうだったわね。間違いなく資質があるのに、自分では気づきもしていなかったまひろちゃん。

「母さんがね」

少し首を傾《かし》げて、また苦笑いのような笑みを浮かべる。

「こんな話をするとは思ってなかったけどさ」

「なによ」

「いつも褒《ほ》めてくれたんだよ。テストでいい点を取ったり、絵を上手に描いたりじゃなくてさ、あぁそういうときももちろん褒めてくれたけれど」

「もちろんよ」

　褒めて伸ばす。それがいちばんいいと思ってきたわ。

「そうじゃなくて、友達がいいことをしたり頑張《がんば》ったり凄《すご》かったりしたことを僕が嬉しくて話したときにさ。それを喜べるのはあなたのすごく良いところねってさ」

　そうだったかしら。

　そうかもね。人のそういうのを見つけて喜べるのは確かに良いことよ。そして、友達を大事にしていたわよね小さい頃からずっと。

「それが嬉しかったんだよね。母さんに褒められた自分のその気持ちがさ、ずっとあったんだ。そうか、他人の頑張りを喜べるのはいいことなんだって。年を重ねてもずっとあった。それで、大学では社会心理学を学んだ」

「それは、本当に初めて聞いたわ」

　何を学ぼうとそれは本人の自由だからって。なるほどそういうものに興味を持ったのねってただ思っただけだった。

「私のその言葉が影響していたとは」

「そうなんだ。人の喜ぶもの、自分が喜ぶもの、人の社会や経済。そういうのを学ぶのが、きっと僕の得意なものなんじゃないかって思ってね」

「そこから、今の仕事に通じたわけですね」

スーパー。物流から経済、そして社会。人が喜ぶもの、喜んでもらえるものを提供する仕事。

「そうだと思うんだ」

びっくりね。

「何だかこの年になって、息子の貴重な思いを聞いた気がする」

「いやどうしてこんな話をしちゃったかわからないんだけど」

笑った。

「あれね、病気も効能があるって言った人がいるのよ。皆が優しくしてくれるし、本音で話してくれるって。まさしくそうね」

人が経験するものに、悪いものなんかないって話ね。たとえそれが不幸であったとしても、生きてさえいれば確かな経験となって財産となる。

五　友達の家に

玄関を開《あ》けると、そこにタロウと祐子《ゆうこ》ちゃん。

満面の笑《え》みを浮かべて、両手を差し伸べていた。

「お帰りなさーい」

二人で声を揃《そろ》えて出迎えてくれて、差し伸べた両手で荷物をすぐに持ってくれて。ありがたいけれども。

「どうしたのよ二人揃って」

誰かが〈今着いた〉とLINEでもしたのかと思ったけれど、まひろちゃんも柊也《しゅうや》も首を横に振った。

「いや、タクシーが家の前に停《と》まればわかりますよ。空港からタクシーで帰るって昨日LINEあったし」

「そうなの」

贅沢《ぜいたく》だけれどもね。大荷物を持って電車で移動はさすがに疲れるだろうと、空港からタクシーにしてしまった。昨日LINEしていたのね。

「今は定額で帰ってこられるからまだいいのよ」

大昔はメーター通り支払うから、ここまで二万円近く掛かってしまったこともあったような気がする。

「疲れたでしょう」

「全然、大丈夫よ」

向こうでもしっかり寝てきたし、飛行機でも寝ていたし。そんなにたくさん歩いたわけでもないしね。

「祐子ちゃんお店は」

「今日は遅れて行くから大丈夫。お土産《みやげ》待ってたから」

笑った。

「タロウもね」

「いや俺はもう純粋にお帰りなさいと」

北海道のお土産は、たくさん買ってきた。そりゃもうどうしてそんなに買うんだと思ってしまったぐらいに。よっぽど宅配便で送ろうかとも考えたけれども、やっぱりお土産は自分で持ち帰ってその場で渡して、その場で喜んでほしいわよね。

「荷物置いてきますねー」

「洗濯物は？」

「あ、向こうでしてきました」

泊まったのが自宅だったからね。何もかも洗って干《ほ》してきて持ち帰ってきた。ホテルではさすがに下着までクリーニングには出せないから、便利だったわよね。

それぞれの荷物は、後からそれぞれの部屋へ。お土産たっぷりの袋は、そのまま台所へ。台所にはカレーの良い匂い。

よっこいしょと腰を下《お》ろしたら、タロウが微笑《ほほえ》んで言った。

「やっぱり自分の家はいいわねーって思うっすよね」

「思うわよね」

旅から帰ってきて自分の家に入ると、あぁやっぱり家が落ち着くわねって心底思う。

泊まったホテルや旅館が素晴らしく素敵で、どんなにか楽しい旅だったとしても、家に戻った瞬間にそう思ってしまう。

「ですよねー。俺も毎回戻る度に思ってますもん。やー、やっぱこっちの家が落ち着くなーって」

「それは大げさでしょう」

「向こうの家はもうそう思わない？」

柊也が、タロウに訊《き》いた。

「向こうって？」

「お兄さんの家」

あぁ、ってタロウがちょっと考えるように首を傾《かし》げた。

「いや、向こうの方がそりゃあ長年慣れ親しんだ部屋だけどさ。向こうにいた頃はずっと引きこもりだったんだから」

皆で頷《うなず》いてしまった。その頃のタロウのことはまるでわからないけれども、本当に部屋から一歩も出ない、絵に描いたような引きこもり状態だったらしいから。

「いい思い出が何もないって言うと、兄貴や義姉《ねえ》さんに悪いしそんなこともないんだけど、自分の家っていう感覚があまりないかな。むしろ、向こうに戻ると、ただ純粋に兄貴の家に来たって感じ」

「そういうものかしらね」

「ずっと兄貴の家に居候《いそうろう》してるって思っていたからね。自分の部屋だったたっていう感覚がないのかなぁ。もうここが俺の家」

「鉄工所は？」

「あれは純粋に作業場兼アトリエ兼自宅。こことはまた別のね。まぁ向こうにずっと暮らせばそうなっていくんだろうけどさ」

そうね。自分の家というのは、住んでいたから自然とそう思えるようになるんじゃなくて、自分で見つけるものよね。

私も、ここは生まれた家だけれども、飛び出して行って戻ってきてから、初めて自分の家なのだって思えたもの。

「お茶淹《い》れましょうよ」

「からさん、少し部屋で横になった方がいいんじゃないの？」

「平気よぉ」

皆、心配しすぎ。私が疲れていないかどうかをまひろちゃんも柊也もすごく心配していたけれども、何も問題ない。そもそもまひろちゃんが来る前には全部一人で、これぐらいの旅はしていたのだから。

今日の晩ご飯は、匂いがしていたからすぐにわかるカレーライス。

祐子ちゃんが作っておいてくれたんだろうから、まひろちゃんも私もこのまま何もしないで済む。

荷物を片づけて、皆へのお土産も整理して。

おやつの時間はもう過ぎてしまったけれど、向こうで買ってきた美味《おい》しそうなお菓子もたくさんあるから、皆でお茶の時間。

「先にこれ食べちゃいましょう。北海道土産じゃないけど、フルーツロールケーキ」

羽田空港で買ったのよね。そこで買うつもりは全然なかったのだけど、久しぶりだからって見て回って見つけてしまったもの。向こうのは日もちのするものばかり買ったから、大丈夫。

「ちゃんと挨拶《あいさつ》してきたのよね。柊也は」

祐子ちゃんが訊いて、柊也が頷いた。

「もちろん、そのためにも行ったんだから」

「皆さんお元気で、あ、柊也のお母さんは元気ってわけでもなかっただろうけどさ」

「いや、元気だったよ本当に。ただ盲腸を切っただけなので」

元気だったわね。達明《たつあき》も、ひろみさんも。

「達明ったらどんどん若返っていくみたいだったわ」

「そりゃあ、今が幸せのど真ん中だからじゃない？　新天地で仕事も順調で奥さんは自分より若いし、終《つい》の住《す》み処《か》も見つけられそうなんて状況なんだから」

「わたしも、ちょっと思いました。お継父《と》さん、なんか若くなったって」

そういうものよ。気持ちの持ちようで、人は変わっていける。

タロウだって、きっと引きこもっていた頃を知っている人が今のタロウを見たら、別人だって思ってしまうのじゃないかしらね。

「からさん、明日の予定ってそのままで本当に大丈夫ですか？」

まひろちゃんが言う。

「平気よ」

「何かあるの？」

「友達が久しぶりに会いに来るだけよ」

真理子《まりこ》ちゃん。

たまたま明日になっただけ。

＊

お邪魔していいかしら、と真理子ちゃんから電話があったのは四日前、ちょうど北海道に行く前の日。そして、それとは知らずに帰ってくる次の日なんかはどうかしら、と。

私としては、帰ってくるから丁度良いって思ったのだけれど、まぁ確かにもう少し日を空けても良かったかもしれないけれど。

でも、北海道の美味しいお菓子を出せるじゃないのね。話の種も増えるし。

水内《みずうち》の真理子ちゃんは、幼稚園からずっと一緒だった。小さい頃の真理子ちゃんは人見知りで内気で、幼稚園のときに、私が手を繋《つな》いであげていたのを覚えている。小学校でも中学校でも、大人しい女の子だった真理子ちゃん。

小学校のときにもうちに遊びに来ていたりもしていたけれど、本当に仲良くなったのは、中学校に入ってからだったと思う。

覚えているわ。真理子ちゃんが図書室で借りた本を、私は家にあるので読んでいたって話をして、それからよね。真理子ちゃんがうちにある本を見に来たりしだして。

水内真理子ちゃん。結婚して、姓は何になったのかまだ訊いていなかった。

部屋を改装したときに、ほとんど使っていなかった居間も私とまひろちゃんの仕事場の一部にして、半分だけは打ち合わせができるスペースにした。もちろん、仕事部屋と繋がっているし、まひろちゃんの仕事部屋からも窓を通して見えるようにしてある。

午後二時。お昼ご飯も済んで、おやつの時間には早いけれども、まひろちゃんに紅茶と美味しい北海道のお菓子も出してもらって。

昨日帰ってきたのよ、と言うと、真理子ちゃんは目を丸くして驚いていた。

「北海道」

「そう」

「長旅で大丈夫？　知らなかったから、別に今日じゃなくても私は良かったのに」

「全然平気よ」

身体《からだ》が丈夫そうには全然見えないのだけれども、私は丈夫。

ガンになっちゃったのはしょうがないとして、それ以外は小さい頃からずっと丈夫だった。体力もある。

今も何キロも歩いてもほとんど疲れることはなくて、戻ってきてからちょっと横になるわ、なんていうこともない。まひろちゃんも来た頃に驚いていたわよね。一緒に歩き回って帰ってきても私が普通にしているから。むしろまひろちゃんが疲れたと言っていたぐらい。

「きっと、身体がちょうどよかったんじゃないかしら」

「ちょうどいい？」

真理子ちゃんが若い頃のままの丸い眼をちょっと大きくさせる。

「私ね、体重も身長もそれこそ中学校ぐらいのままなのよ。五十年、じゃないわね、六十年近くまるで変わっていないの」

「そうよね！」

納得するように真理子ちゃんが大きく頷く。

「伽羅《きゃら》ちゃん、本当に変わってないのよ。体形も雰囲気も何もかもあの頃のままなのよ。この間、後ろ姿を見たときに、すぐにわかったもの。わかったというか、制服姿の伽羅ちゃんが浮かんできたもの」

テレビで観たときにもそう感じたんだって。嬉《うれ》しいやら恥ずかしいやらね。変わらないというのは。

そう言う真理子ちゃんも、そんなには体形は変わっていない。あの頃のままのスリムな体形。

「この何十年もずっと座って仕事をしているわけじゃない。それでも腰や肩が痛いとかもないし、私四十肩も五十肩もなかったのよ」

今も、ストレッチをずっとやっているけれど、どこかが痛んだりすることもない。

「つまり、身長やら体重やらで、体形のバランスがちょうど良くて、歩き方とかも無理なくて、それでどこも悪くならなかったんじゃないかって」

大昔の話になってしまうけれど。

「私が、パリで映画を撮っていたことは知ってる？　その映画を撮っていた監督もね、言っていたのよ。歩く姿が信じられないぐらい美しいって褒《ほ》めてくれた」

「ドラマで観て本当だったんだ！　って驚いたわよ。高校一年の頃でしょう？　伽羅ちゃん、高校でも私と同じクラスだったのは覚えてる？」

苦笑《にがわら》いしてしまった。そんなことは忘れていたし、思い出したことも今までほとんどなかったけれど。

「覚えてるわ」

思い出したわ。確かに、真理子ちゃんとは同じ高校を受験して受かって、同じクラスになった。

「通ったのは、一ヶ月ぐらいだったかしらね」

「それぐらいだったかなぁ。だからあれよ、同じクラスの子でも伽羅ちゃんが一緒にいたのを覚えていない子だっているのよたくさん」

「そうでしょうね」

同じ中学からあの高校に行ったのは、どれぐらいいたかしら。その中でも、中学から仲の良かった子なんか、本当に真理子ちゃんぐらいだったはず。

「でもあのとき、伽羅ちゃんが外国に行ったっていうのは知ってたのよ。皆が驚いていたもの」

「誰かが話してた？」

私は、友達の誰にも別れを告げずにフランスに行ってしまったから。

「先生が言ってたわよ。『三原《みはら》はどこか外国に行ったみたいだ』って『いつ帰ってくるのかはまったくわからない』って。そりゃあもう大騒ぎよ。外国ってどこだって、何をしに行ったんだって」

「そうだったのね」

「帰ってきたのだって、誰も知らなかったわよ。結局学校には戻ってこなかったし、私たちは高校卒業して皆がバラバラになったし。あなた、誰にも連絡取ってなかったでしょう」

「取らなかったわね」

まったく取る必要を感じなかった。高卒の資格は後で取れたし、大学にも後から通った。

「訊きたかったの。いいかしら、どうしてあんなふうに何もかも置いて行くようにして、遠いパリなんかに行けたのか。十五歳の女の子が。あの時代に。ただの好奇心だけでできたものなのかって」

真理子ちゃんが、少しばかり真剣な面持《おもも》ちをする。

そうよね。そう思うわよね。

「私ね、これは私の勝手な思いで、伽羅ちゃんを責めるとかそんなのじゃあなくてね。ものすごく驚いたのよ。ショックというか、違うかな、本当に、心の底からの驚きというもの」

言葉を切って、少し考えるように唇を引き締めた。

「たぶん今までの人生であれほどの驚きはなかった。あの後の人生で、そりゃあまぁいろいろあったけれども、どんな衝撃にも耐えられたのはあれがあったからかもって考えたこともあったわ」

「それは」

少し笑ってしまった。

「良かったのかしらね。私も少しは友達として、真理子ちゃんのお役に立てたのかしら」

真理子ちゃんも、笑ってくれた。

「何もかも、置いて、ね」

そういうふうに取られるわね。

自伝では、そしてドラマでは、そこのところはただただ、若い好奇心でしかなかったと表現した。実際、それが大きかったから。自伝を書いたまひろちゃんにも、そんなような話で済ませた。今となっては、それがいちばんだったと思えるから。

真理子ちゃんには教えてもいいかしらね。

私の父がどういう人だったかを、少なからず知っている数少ない人物の一人。

「父と、よく話したわよね。三人で、ここがまだ居間だったときに」

真理子ちゃんが、こくりと頷いた。

「楽しい話をたくさんしてくれた。よく覚えているわ。お父様、私を子供扱いしなかった。今にして思えば、きちんと一人の女性として接してくれていた。娘の友達って感じじゃなくて」

そうね。父はそういう人だった。

「パリに行こうって、誘われたのは本当よ。シャルルさんにね」

シャルル・オドラン。今でも覚えている。あの日パリで別れたきり、一度も会うことはなかったけれども。

「私を主役にして、パリで映画を撮りたいって。脚本も書いて、それを日本語に訳して読ませてくれて」

凄《すご》いエネルギーを持っていた人だった。

「わくわくしたわ。私が映画のヒロインになれるのかって思ったら。しかもパリに行ってそこで撮影するなんてって。ねぇ、女の子の憧《あこが》れの大本命みたいな話じゃない？　あの時代にしてみると夢のような話よ」

「そうね。それは本当に」

やってみたい、と素直に思った。できるという自信もあった。好奇心は、もちろんだった。

「簡単に言ってしまうとね。行こうって決心したのは、父が私を売ったと思えたからなの」

真理子ちゃんの眼が、また丸くなった。

「売った？　って？」

「お金の話ね。もちろん、父はこの家に集っていた芸術家たちのパトロンになっていた。それと同時に、その芸術でお金も稼《かせ》いでいたのよ。お金にならなかった芸術はともかく、お金になったときにはたっぷりと、リターンを稼いでいた。わかるわよね」

わかるわ、と、真理子ちゃんが言う。

「たとえば、お父様がパトロンになっていた絵描きさんの絵が売れたとしたら、そこからいくらかはお父様に入っていたってことよね」

「そういうこと」

あくどいことではないでしょうね。ごく普通のこと。

「でも、父はね、シャルルさんと決めていたのよ。映画が完成して売れたら自分の取り分はこれだけだって。私の分も含めてね」

「伽羅ちゃんの分」

「自由にしていいって。私のことを」

「それは」

何をしてもいいから、素晴らしい映画を完成させてくれって。うちの素晴らしい娘を使って。

「つまり、私をシャルルさんに売ったのよ」

そういうことが、できる人だった。父親は。

「たまたまね。その話を私は聞いてしまった。私、あの頃にはもうフランス語を話せたのよ」

「え、でも」

顔を顰《しか》めた。

「契約の話でしょう？　映画に出演するのに、好きなように演技をさせていいとか、そういう話じゃないの」

「まぁ、半分そういう話だったのだろうけど、向こうでは、シャルルと一緒の部屋に住むことになっていたのよ私」

「そんな」

「大丈夫。わかっていたから。まぁシャルルのことは好きだと思っていたし、そんなんでもいいかなって思ったのは事実だけれども。それ以上にね、父親が自分の娘をあっさりと売れるような人だって気づいてしまって、この家から飛び出せるいい機会だって思ったのも、大きかったのよ」

そんな話は、自伝には書けなかった。まひろちゃんにも教えたくなかった。何よりも、父は悪人というわけではなかったから。

単純に、素晴らしい芸術を生み出せる側に回れるのならば、自分の娘さえその材料に使うことができる人だった、というだけ。

それ以外では、しっかりとした良い父親だったのだから。

真理子ちゃんが、眉を顰《ひそ》めて、何かを思っている。

「そのシャルルさんとは」

「何もなかったわよ」

もちろん、逃げたから。

「私が、一緒の映画に出ていた俳優と、ヨーロッパを転々としたのはドラマでもやったでしょう？

あの人が、私を救ってくれたのよ。シャルルの魔の手から」

おもしろおかしくするために、笑ってそう言ってしまうけれども。

「本当よ。シャルルが警察に逮捕されたというエピソードもあったでしょう」

「あったわ」

「それも事実で、逮捕されたというのも、実はその手の事件でなのよ」

「その手」

「まぁぶっちゃけロリコンだったのね監督は。私以外でもそういうことをしていたのかも。それで映画はもちろんポシャったし、あの人、エドガーっていうのだけど」

エドガー・エイムズ。

今は、どうしているかしら。まだご存命かしらね。私と七つ違いだったから、まだお元気な可能性はあるわよね。

「彼のことを好きになって、一緒にヨーロッパを回ったのも本当。彼は有能な俳優でもあり、ジャグラーでもあったのよ」

「ジャグラー？」

「ジャグリングね。こういうの」

手で何かを上に投げてぐるぐる回す仕草。

「その日暮らしもよくしていたから、向こうでホームレスになっている、なんて話になったのだけれども」

「じゃあ、そのエドガーさんと、伽羅ちゃんは」

そう。

微笑む。

「私の最初の男は、エドガーだったわ。シャルルじゃなくてね」

達明の父、逢坂駿一《おうさかしゅんいち》に出会う前の話。ドラマではあっさりと流していたけれども。

真理子ちゃんが、大きく息を吐《は》いて、おでこに手を当てた。あぁ、そう、そういう仕草をしていたわ真理子ちゃん、昔から。

「また衝撃を受けてしまったわ」

「ごめんなさいね。楽しく昔話をしようと思っていたのに」

いえいえ、と首を横に振った。

「私が訊いたのよ。そしてまた自分で勝手に衝撃を受けたのよ。ねぇ、伽羅ちゃん」

「うん」

「たった今、思い出したの」

ううん、ってまた首を振った。

「その話をしようって思ってずっと考えていたことがあるのだけれど、それが、今何かが繋がっちゃった気がするの」

繋がった、とは。

「私ね、あなたから本を借りたままだったの。このお家《うち》から。お父様の御本を」

「そうだったかしら?」

そうなのよ、って大きく頷いた。

「伽羅ちゃんがパリに行っちゃう前によ。写真集だったわ。確か、アメリカのニューヨークの風景を写したような写真集。きっとあの当時だからけっこう高かったと思うんだけれど」

「たくさん、あったものね」

写真集や画集は、本当にたくさんあった。今の私がいるのは、間違いなく父が私に与えてくれたそういうもののおかげ。

だから、さっきの話も恨んでいるとかそういうのじゃないのだけれど。

「私、伽羅ちゃんがいなくなったって聞いて、それからしばらくして返しに行った、じゃなくて来たのよ。あなたのいないこの家に」

「そうだったのね」

うん、って頷きながら真理子ちゃんは続けた。

「お父様がいたわ。もちろん、電話してから来たんだけど、お父様がいるとは思わなかった。そうして、入りなさいって書斎に通してくれたの」

「書斎に?」

二階の。

「居間ではなくて」

「誰か他の人がたくさんいたからじゃないかしらね。そして本を返しに来たと言ったから」

そうなのかしら。

「お茶を出してくれたわ。そうしてね、写真集を返して帰ろうと思ったんだけど、他にも良い写真集があるっていろいろ出してくれて、そうしたらね」

真理子ちゃんが、私をまっすぐに見つめた。

「いろいろ思い出したのよ。この家に来ていた人たちのこと。今は何て言えばいいのかしら。ジェンダーレス？　ジェンダーフリー？」

あぁ、って声が出てしまった。

私も思い出した。

「カミラさんね」

「そうだったかしら。おかっぱの髪形をした、背が高くて、すごく美しい人」

カミラさん。

私もその呼び方しか覚えていない。それが本名だったのかどうかも知らないけれども、皆がそう呼んでいた。

「あの人は、確か踊り子でもあり、歌手でもあり、そんなような人だったと思うわ」

夜の街でも歌っていたし、踊っていたし、確かしばらくしてからテレビにも出ていたという話は聞いたけれども。

「カミラさんは、姿形こそ女の人だったけれど、本当は男の人だったのよね」

「生物学的にはね」

今でこそ男性がお化粧して女性のような格好《かっこう》をしても何とも思われないけれども、あの頃は違った。口では言えないような扱《あつか》いをされていたとは思うのだけれど。

思えば、カミラさんはその先鞭《せんべん》をつけた人。

「その人が、来たの。書斎に」

「父が呼んだの?」

「違うの。ノックして入ってきたの。そしてね、しばらくは私の隣に座って、お父様と三人でいろんな話をしてくれたのよ。楽しい話を」

カミラさんは、とてもおもしろくて優しい人だった。

それは、よく覚えている。

「そうしてね、カミラさんが言ったの。『そろそろお家へ帰る時間よね』って。それで私も気づいて、お邪魔しましたって」

帰った。

「カミラさんも帰るからって一緒に出たのね。ずっと私の傍《そば》にいてくれたの。そうして、別れ際に言ったわ。『伽羅ちゃんがパリから戻るまでは、一人で来ない方がいいわね』って」

「カミラさんが」

それは。

「そのときは、私もただ、そうだなって思っただけだったのよ。伽羅ちゃんがいないんだから、もう来ることもないだろうなって思って、実際それから一度も来ることはなかったのだけど」

私が戻ったときには、もう真理子ちゃんは高校を卒業していたものね。東京ではない大学へ行っていたから。

「でも、思い出せば、カミラさんってひょっとしたら私を」

そうなのかしら。

「考えたくはないけれど。ひょっとしたらカミラさんは、真理子ちゃんを色んな意味で守ろうとしてくれたのかもしれないわね」

父がロリコンだったとか、そんなふうには考えていない。

けれども、美しいものにはとても敏感な人。そして貪欲な人。

自分が美しいと思ったものを、それを手に入れるためには手段を選ばないようなところがあった人。

お金の面でも。

その頃の真理子ちゃんは、私とは正反対の、清楚《せいそ》な美しさと知的な強さを秘めたような女の子。

「真理子ちゃんを狙ったという表現はしたくないけれども、ただの娘の友達ではなく、もう一歩関係を進めるために何かしら考えて、あるいは心で感じていたのかもしれない。それを、カミラさんが察《さっ》して、助けてくれたのかもしれないわね」

真理子ちゃんも言っていた。

父は、娘の同級生としてではなく、一人の女性として見て話をしてくれたって。そういうきちんとした扱いをしてくれていたと。

それは、見方を変えれば女として見ていたという話。

「でも、意地悪な考え方や、見方よねそれは」

「シャルル監督との話を聞いて、曲解《きょっかい》すれば、かもしれないのでしょう？　真理子ちゃん」

「曲解ではないかもしれない」

今となってはわかるはずもないけれども。

「父には、そういうところがあったというのは事実よ。娘の私が感じてしまったのだから」

だから、家を出るようにしてフランスに行った。世界へと飛び出した。

結果としては、そういう父だったからこそ私は成長できたのだろうけど。

「シャルル監督のように逮捕されなくて良かったわ」

冗談めかして、言う。

六　それぞれの家に

「私は、普通だったわよ」

私と会わなくなってからの真理子《まりこ》ちゃんは、どういうふうに生きてきたのかを訊《き》いたら、真理子ちゃんは苦笑《にがわら》いするように言う。

「ごくごく普通の人生。語るような人生じゃあない」

「真理子ちゃん、普通の人生、なんてものはないじゃあないのよ」

誰の人生だろうと、それは唯一無二《ゆいいつむに》のもの。誰も真似できないし、真似するものでもない。誰かの歌じゃないけれども、たったひとつのもの。

「それは、確かにそうね」

「進学したの？」

真理子ちゃんは成績が良かったはず。それに、お父様は確か大学の教授か何かだったような覚えがある。

「大学に行ったのよ。金沢の美術大学」

美大に。

そういえば、金沢のその美大は私たちが中学生ぐらいの頃に設立されたはず。そんなような話を、進学の方向性として美術の時間にされた覚えがある。

「覚えてる？　美術の桜庭《さくらば》先生」

「あぁ！」

覚えてるわ。いえ、思い出した。優しくて、のっぽでロマンスグレーの素敵な先生だった。俳優にしても良かったような渋く味のある風貌《ふうぼう》の先生。

「桜庭先生に絵を褒《ほ》めてもらってから、私、高校では美術部に入ったのよ。ずっと絵を描いていたの」

「それで、美大に」

「たまたま金沢には叔父が住んでいたの。そこから通えるし、生まれた街から離れてみたいという気持ちがあったから。ねぇ伽羅《きゃら》ちゃん」

「なぁに」

「今にして思えば、私がそうやって生まれた街から、東京から離れてみたいって思ったのは伽羅ちゃんの影響だったのかも」

私の。

「さっきも言ったけど、ものすごい衝撃だったのよ。伽羅ちゃんが高校を辞めて外国に行っちゃったのは。私は、それこそ江戸時代からずうっとこの東京で暮らしてきた家の娘で」

そうだった。また思い出した。

久しぶりに会う人とする昔話ってすごいわ。頭の中の何かがどんどん元気になって腕を伸ばして新しいところに繋《つな》がっていって、記憶が甦《よみがえ》ってくる。どこかにずっとあったものが浮かんでくるのか、本当の意味で甦るのか。

六十年以上も前に、たぶん数回しか会ったことのない真理子ちゃんの親の顔さえ浮かんできたし、数度しか見たことのない、真理子ちゃんの家の様子も。

「旧家だったのよね。そうだわ、きれいな日本庭園のようなお庭もあって」

「ただそこにずっと住んでいたというだけで、何の格式もない家柄だけれどね。もうその家もなくなってしまったけれど」

そうよね。息子さんに呼ばれてこっちに戻ってきたということは、あの真理子ちゃんの家自体がもうなくなってしまったってことでしょうね。

真理子ちゃんは美大に入って、ずっと絵を描いていた。

「教師になったのよ。美術の」

「そうだったのね」

絵だけを描いて暮らしていけるような才能はなかったけれど、そのまま金沢の中学校で美術教師として子供たちに絵を教えてきた。そうして、同じ学校で教師をやっていた人と結ばれて、ずっとその街で暮らしてきた。

「子供は二人。男の子と女の子」

旦那さんは病《やまい》で十年も前に亡くなってしまったけれども、幸いにもそれで暮らしに困るようなことはなかった。二人の子供たちも結婚してそれぞれに家庭を築いている。

そして真理子ちゃんはあのマンションで、東京で暮らすことになった息子さんとお嫁さんと、お孫さんに囲まれて過ごしている。

「じゃあ東京に、生まれたこの街に戻ってきたのは何十年ぶり？」

「それこそ住むのは高校以来よ。もちろん、その間に何度も実家に帰ってきたりはしていたけれど、なくなってもう十五年ぐらい経《た》つかな」

「売ってしまったのかしら」

こくん、と、真理子ちゃんが頷《うなず》く。

「私は一人っ子だったから。もう誰も家を継ぐ人もいなくて、父と母が亡くなってすぐにね。そこにあるだけで維持費《いじひ》も大変だったし、私の子供たちもその頃にはまだ東京に来るなんて予定もなかったし」

そうなるわよね。

「今は、高藤《たかふじ》さんという、会社を経営されている方が住んでいるはずよ。そのまま、リノベーションって言うのかしらね。古かったけれども、その良いところだけを生かして後はまったく新しくて」

「見てきたのね」

「ここに引っ越してきたときにね。売ってからは一度も東京には来ていなかったから。そのときに、伽羅ちゃんの家も見てきたのよ。あぁまだあるんだって」

「すぐに来てくれれば良かったのに」

少し笑った。

「ドラマを観てね、家にまだいるんだろうとわかってはいたんだけど、有名人になっている同級生をいきなり訪ねるのもなんだし、かといって電話番号ももうわからなかったから」

大した有名人でもないのだけれど、そう思ってしまう気持ちはわかる。

「もうあんまり長くはないけれども、これからゆっくりこうやって話ができるわ」

私の病気のことは、別に今話さなくてもいいわね。この年になれば、まるっきり健康な人の方が少ないのだから。


今夜の晩ご飯のおかずは玉ネギもたっぷりのショウガ焼き。

ポテトサラダとキャベツを刻んで、それにお味噌汁《みそしる》は豆腐にネギに油揚げ。小鉢にはホウレン草のおひたしに、ゴボウとニンジンのきんぴら、それに金時豆。納豆を食べたい人はお好きにどうぞ、と。

タロウはよく納豆にキムチを入れてキムチ納豆にして食べるのよ。パワーが出ると言ってるけれど、納豆は血をさらさらにするというので私も毎日食べている。キムチは入れないけれどね。私は、辛子《からし》に醤油。

いつものように、祐子《ゆうこ》ちゃんはお店に出かけていって、タロウはこっちに戻ってきていて、会社から帰ってくる柊也《しゅうや》を待って、晩ご飯。

四人のいつもの食卓。

「さっき来ていたご婦人、からさんの同級生かなんかっすか？」

タロウが納豆をかき混ぜながら言う。

「そうよ。結婚して、新垣《あらがき》真理子ちゃんっていうの。どうして同級生だって思ったの」

「や、台所に来たときにちらっと聞こえた昔話がそんな感じかなって。初めてだよね、からさんの同級生が来るなんて」

そうかもね。タロウたちが来てからはもちろん、それ以前にも同級生が訪ねてくるなんてことはなかった。

「昔はね、近所だったのよ。小学校中学校と同級生だったんだから」

「今は違うんですか」

「前の家は随分《ずいぶん》前に売ってしまって別の人が住んでいるみたい。息子さんが仕事でね、こっちに引っ越してきて一緒に住んでいるんですって。ほら、公園の隣のマンションあるでしょう。もんじゃ焼きの店が一階にあるところ」

あぁ、ってタロウも柊也も頷く。まひろちゃんは全部知ってるものね。

「あそこに引っ越してきたのよ。だから、これからよく遊びに来るかもしれないから覚えておいてね」

了解、って男二人が頷く。

「その真理子さんの前の家って、どこだったんですか？」

柊也が訊いた。

「ええっとね」

どう説明したらいいかしら。私もかなりうろ覚えになってしまったし、周りの建物なんかも随分変わっているから。

「二丁目の奥の方に行くと、スペインバルのお店があるじゃない。角に」

「〈コンパニェーロ〉ですね」

「そうそう、あの向かいの道を小学校の方に進んでいったら、たぶん今も広いお庭のちょっとしたお家《うち》があると思うのよ」

お、ってタロウが声を上げた。

「それって、高藤さんって家じゃないっすか？」

「あ、そう言ってたわ。どこかの会社の社長さんのはずだって。知ってるのタロウ」

うんうん、って頷く。

「俺の作品を買ってくれた人ですよ。ＩＴ関係の会社の社長さん。前にギャラリーに出してたのを買ってくれて、ちょうど俺在廊してたんで住所とか聞いたらご近所じゃないですか！　って」

あら、それは偶然というか何というか。

「いつごろ？　家にも行ったの？」

「一年ぐらい前かな。作品運びましたからね。近所だったから俺も業者と一緒に」

「あ、前に近所で作品買ってくれた人がいるって、言ってましたよね」

「言ってた」

そういえばそんな話を聞いたかもしれない。

「おもしろい人っすよ高藤さん。まだ五十代ぐらいじゃないかな。そう、一回だけ飲みに連れて行ってもらって、あ」

あ？

「何よ、急に止《や》めて」

「いや、思い出しちゃって」

「何を？」

タロウが、唇をもごもご動かす。妙な表情をする。

「そんときにっすね。いや、いいか、もうけっこう前だし」

「何よ気持ち悪いわね。何かあったの？」

「言わないでもいいかって思って誰にも言わなかったんすけどね。銀座、その高藤社長と一緒に飲みにね。買ってもらってから二、三ヶ月後だったかな。そしたらそこで祐子さんを見かけてさ」

祐子ちゃんを。

「声を掛けるような距離じゃなかったから、あ、祐子さんだって思って。まぁ店を抜けて銀座に来ることもあるのかなって思ったけど、その隣に男がいてね」

「男」

「駿一《しゅんいち》さんだったんすよね」

「駿一？」

「へぇ」

「え」

三人で同時に違う声を上げてしまった。

甥《おい》っ子《こ》の駿一が、祐子ちゃんと。

「一緒に歩いていたのね」

「そのまま何か話しながら向こうに行ったので結局声は掛けられなくてさ。でも間違いなくあの二人で。まぁ昔からの知り合いなんだから、そんなこともあるのかなぁって」

「幼馴染《おさなな じ》み、って言ってもいい二人だから、別に変なことじゃないですよね」

まひろちゃんが私に言う。

「お互いに独身だしね」

「まぁ、それはそうね」

祐子ちゃんはずっとご近所の子供で、駿一はこの家に暮らしていたこともあるしで、二人は本当に小さい頃からの知り合い。確かにそうだけれども。

「今まで二人だけで会うとか、出歩いたって話は一度も聞いたことがなかったわね」

「ま、おかしな様子もなかったし、その頃は鉄工所にずっと行ってて、こっちに来たときにはもう忘れちゃってたし。で、今急に思い出したからさ」

今度訊いてみようかしらね。あの二人が並んで歩く姿なんて、本当に一度も見たことないんだから。

「あ、で、その真理子さんとかに、俺が高藤さんと知り合いってのは教えましょうかね。紹介とかもできますけど」

「そうねぇ」

家を売ったという話をしたときには、特に妙な雰囲気《ふんいき》でもなかったし、そのときに直接その高藤さんと会ったのかどうかもわからないけれども。

「家を売った側と買った側ですものね。まぁ今度真理子ちゃんと会うことがあったら言ってみるわ。うちのタロウの知り合いだったたって。たぶん、まぁそれは偶然ね、で終わる話だとは思うけれど」

高校を出てからは一度もあの家に住んだことはなかったと言っていた。

もしも、真理子ちゃんが昔の面影《おもかげ》を残したままリノベーションしたというかつての実家に入ってみたいなんていう思いがあれば、上手に紹介できるかもしれないわね。

＊

転移の告知を受けてから二ヶ月。

治療の旅は、九州。

何度か来たことはあるけれども、まさかガンの治療のために通うことになるとは思ってもみなかった。

「わたしは初めてなんですよね」

まひろちゃんが言う。

「楽しんでいいわよ」

私の治療のためなんだから、楽しんじゃいけないなんてまひろちゃんなら思うんだろうけど。

「せっかくの機会なんだしね」

物書きの端《はし》くれなんだから、こういうものは何でも自分の経験になる。私のおもしろくもない治療の道行きがすべてまひろちゃんの感性の栄養になるんだと思えば、ガンになったのもまたよしというものよ。

福岡市内のホテルのツインの部屋を一週間取って、放射線治療を一日行ない、しばらく様子を見ながら検査を何日かして、何事もなければ帰るという日程。

それを、しばらくは続ける。

こういう形なら、本当に旅行と変わらない気持ちでいられる。

治療と検査以外の日は体調が良いようなら観光もできるし、部屋でゆっくりと執筆をしてもいい。なんだったら近くのドームまで行って野球観戦してもいい。野球は嫌いじゃないので、よっぽど試合日程を調べてドームの横のホテルでも取ろうかしらと思ったけれども、それはまぁおいおいね。

まひろちゃんも一緒なので、何の心配もない。

「食欲は落ちるかもしれないいって言ってたけれども」

「来てますか」

「今のところ全然なんともないわね」

放射線治療をして、そのまま病室に入るのかと思ったけれどもホテルに帰っていいと言われて、ちょっと拍子抜けね。

明後日《あさって》の検査までは自由に過ごしていい。ただし、きついものにはならない保証はするけれども、どこかしら調子や具合が悪くなることは充分《じゅうぶん》に考えられるので、遠出はしない。過度な運動もしない。適度な散歩や観光ぐらいは、身体《からだ》の調子が良いのならどうぞ、と。

「でもまぁ、初日だしね」

「このままホテルでのんびりしましょう。食事も、ホテルのレストランに美味《おい》しそうなものがたくさんありますよ。ルームサービスも」

「ルームサービスしちゃおうか」

贅沢《ぜいたく》な気持ちになるわよねルームサービスって。

東京以外のところに来て、ホテルに泊まってテレビを点《つ》けると、観たことのないＣＭや番組が観られる。地方色が豊かで、普段はそんなにテレビなんか観ないのに、ついつい観ちゃうのよね。

「まひろちゃん」

「はい」

「こういうふうにしながらもね。いろんなものを、片づけていかなきゃならないかなって思うのよ」

「いろんなもの、ですか」

まひろちゃんは私のマネージャーでもあるのだから、そういう仕事をするのは当然なのだけれども。

「今からですか、ってまひろちゃんは怒るかもしれないけど、私の死後の著作権継承者の件とかもね。話し合っておかないと」

「著作権継承者、ですか」

「わかるでしょう？」

私たちは、創作物を生み出してきたプロの著述家。著作権というものを持っている。

「何となくですけれど」

「知っておかなきゃ駄目ね。あなたもいっぱしのライターとしてもう世に名を出しているのだから、著作権の持ち主なのよ」

『匂い立つ　三原《みはら》伽羅自伝』は、私の話ではあるけれども、書いたのはまひろちゃん。間違いなく、まひろちゃんに著作権がある出版物。

「遠い遠い未来の話だけれども、あなたに子供ができて孫ができておばあちゃんになって死んじゃっても、あの本の著作権は死後何十年かは残る」

今は確か七十年だったかしらね。そのうちにいろいろ変わるかもしれないけれども。

「だから、その著作権継承者は誰にするかは、あなたもいずれは決めなきゃならないのよ」

「法的には、遺産相続と同じような感じですか？　配偶者がいたならその人に、子供がいたならって」

「そうね。そんな感じだけれども」

細《こま》かい話をするなら、財産権と著作者人格権は別になってくるとか、相続するのは財産権のみとか、あれこれなんだろうけれども。

「著作権継承者はね、きちんと書類さえ作れば権利者が何人いても一人に決められるのよ。特別な手続きとかそういうものはあんまりないはずなの」

普通なら、私が死んだら息子の達明《たつあき》になる。

「達明にしておけば、私が死んでどこかの出版社が奇特にも増刷とかしたなら、その印税は全部達明に行くってことかしらね」

「それが、著作権を継承するってことですね」

単純な話は、そういうこと。

「でも、その他にも、たとえば私の何かを映像化したいとか、舞台にしたいとか、作品を使ってどうこうしたい、っていうのが死後出てきたときにもその許可を出したりいろいろと指示を出すことができるのも、著作権継承者になるのよね」

あぁ、と、納得するように頷いた。

「伽羅の名と作品をきちんと守ることも、あるいは上手に発展させることも著作権継承者の役割という話になるんですね」

「そういうことね。まぁ達明には無理な話だと思うので、私としてはまひろちゃんに、孫にお願いしたいのよ。著作権継承者」

うん、と、頷いた。

「それは何も問題ないです。しっかりとやりますけれど、でも印税とかも全部私だけに入ってくるというのはどうかなって思いますけど」

「ま、その辺《あた》りは相談ね。今後税理士さんや弁護士さんに確認して、私が死ぬ前に達明とも話し合って決めればいいのよ」

「からさんの場合は、詩や小説だけじゃなくて、歌詞や絵画やイラストとかもありますよね」

あるわね。

「そう考えたらけっこう面倒くさいわね管理も。死んじゃってから任せるわ」

笑ってしまった。

「今度、税理士の三村《みむら》さんが来るときに、きちんと打ち合わせできるようにしておきますね」

「そうしてちょうだい」

年を取ったと感じはじめた頃からずっと頭の片隅にあったもの。死んでしまった後に私が残すものの、後始末。

それを、粛々《しゅくしゅく》と進める時期が来たのよね。

粛々は言い過ぎかしら。


「お帰りなさーい」

空港からタクシーに乗って家に帰ってきて、玄関を入ると祐子ちゃんと、タロウも出迎えてくれた。平日の午後だから、まだ柊也は会社。

二人して声を揃《そろ》えて言ったけど、どうして音程を付けてハモっていたのかしら。思わずまひろちゃんと一緒に笑ってしまった。

「ただいま。どうしてハモったのよ」

「練習したのよさっき」

「練習？」

何をやっているのだか。

祐子ちゃんはもちろんだけれど、タロウも歌が上手《うま》いのよね。声量があって野太い声で、個性的な歌唱法はまるでロックシンガーみたい。その気になって音楽をやっていれば、その風貌と相まってけっこう格好《かっこう》良かったと思うのよ。

いたわよね、タロウみたいな風貌の坊主頭のロックなシンガーが。けっこう有名な人だったと思うけれど。

「いや、俺、ジャズを歌ってみようかなって」

「ジャズを？」

「タロウさんが？」

まひろちゃんと順番に言ってしまった。

「何よ、帰ってきてまだ靴も脱いでいないのに、玄関でそんなおもしろい話を始めないでよ」

いきなり何を言い出すんだかこの子は。

「マジっすよ。一昨日《おととい》から祐子さんの店で昼間に練習してんですから」

「本当に？」

「本当なのよ」

祐子ちゃんも言う。

そんなことを留守中に始めているなんて。

まずは上がって、荷物の片づけ。向こうでもきちんと洗濯してきたから、洗濯物もそんなにはない。そもそも荷物も最小限にして、持っていったのは服ぐらいだったから整理するようなものもあまりない。

「お土産《みやげ》たくさんあるわよ」

この間は北海道で、今度は九州。死ぬかもしれないっていう準備のために、日本を縦断してしまったわね。

「元気そうね」

「全然、元気よ」

向こうでの様子はLINEとかでまひろちゃんが皆に流していたから、特に報告するようなものはない。

「ずっとのんびりしていたから、疲れもほとんどないし。ホテルのベッドが寝心地よくて、むしろこっちでの疲れが取れたぐらいよ」

本当に寝心地がよかった。調べたら市販のマットレスだったので、これを買って寝室に置こうかとまひろちゃんと話していたぐらい。まひろちゃんは普通だったというから、若い人より年寄りの方がそう感じるのかも。

「まぁ何でもそうよ。若い子は寝てても体力あるんだから」

「それはそうね」

若いというだけで、それは生きる力が強いということ。

「順調なのよね」

「今のところはね」

もちろんだけど、一回の治療で全部消えるわけじゃない。この後はこっちの病院で検査をしつつ、また何度か向こうに行って治療を行なうことになる。

それで、厄介《やっかい》なガンとかが消えればいいけれども、正直なところ転移したものはあちこちにあるので、そうそう簡単ではないだろうと言われている。

ただ、調子が良いのであれば普段通りの生活をして、何をやってもいい。文字通り生活の質を落としたり変えたりする必要はない。

「お茶にしましょう」

梅《うめ》ケ《が》枝《え》餅《もち》を買ってきた。軽く焼いて食べると美味しいのよね。

「タロウさん、いきなりジャズ歌うとか、どうしたんですか」

そうよ、その話。

「いきなりでもないんだけどさ」

「そうなの？」

「まぁもともと音楽は何でも好きで聴いてたし、ジャズもね。祐子さんの店にだって何度も行って聴いてるしさ」

皆で聴きに行ったことも何度もあるわね。

「歌うのも、好きになったし、いいなって思ってたんだよずっと。こういう音楽に囲まれて生きていくのもいいなって」

「アートを造りながらね」

アトリエでは、金属加工は大きな音を出すことが多いからあれだけど、大音量で音楽を鳴らしながら作業していたわよねタロウは。何度かしか、そういう現場は見ていないけれども。

「で、さ」

タロウが祐子ちゃんを見る。祐子ちゃんが、少し笑みを見せながら頷く。

「前からね、お店がきついなって話はしていたじゃない」

〈スターダスト〉。祐子ちゃんのジャズ・スナックバー。

「いつものことよね」

経営は、まるでよろしくない。儲《もう》かっていない。祐子ちゃんはここに住んでいるからやっていけているけれど、もしもどこかで一人暮らしなどしたものなら、あっという間に店はやっていけなくなる。

「いつものことなんだけど、もう近頃は限界を迎えそうで。家賃も払えなくなってきてるのよ」

「そうなの？」

人気がないわけじゃない。祐子ちゃんの歌を聴きたくて、ジャズの演奏をしたくて、いいジャズが聴きたくてやってくる人たちは大勢居る。

けれども、お店としてやっていけるかどうかは、別問題。

「もう畳《たた》もうかなって、ここ何年もずっと思っていたのよ。バイトの子たちに払うお金もきつくなってるし、かといって私一人だけでやっていける店じゃないし」

「畳んで、のんびりしたら？　少なくともここにいれば寝るところと食べるものには困らないでしょう」

祐子ちゃんから家賃を取ろうとか食費を貰《もら》おうとか、今更《いまさら》そんなこと考えない。今までもずっとそうやってきた。貰えるものなら、貰う。払えないなら、しょうがない。

「まぁ、そうなんだけどね。からさんだって私より長生きするはずもないし。そうしたらね、タロウが言い出したのよ」

「何を？」

「うちのアトリエをどうにかしたいって」

「どうにかって」

「ジャズホール・バーにできないかって」

「え？」

ジャズホール・バー。

タロウのアトリエを？

「いや、ほら、鉄工所兼アトリエ兼住居じゃないすかあそこは。いつかはあそこに一人で住んでここを出ようってね。でも、ほら一人じゃ淋《さび》しいしでほとんどこっちに戻ってきてさ。じゃあ、淋しくないようにすればいいんじゃないかってさ」

「お客さんを入れようと思ったってこと？」

言うと、頷いた。

「思ってたんっすよ。作業中も大音量でジャズとかロックとか流してて、ここって最高に気持ち良《い》いよなって。大きな音流しても元々鉄工所なんだから誰も文句言わないし、響きも良いし。そうしたら、ここでジャズライブとかやったらもっと気持ち良いよなって思いついちゃって」

ジャズライブを。

「祐子さんの店がキビシイのはずっと聞いてるし、キビシイのは家賃があるからであって、家賃がなきゃ全然イケるんじゃないかって思って、話したんですよ」

「改装して、ジャズホール・バーにするから、そこで私にママさんやらないかって」

「素敵だ」

まひろちゃんが眼を丸くして、嬉《うれ》しそうな笑顔をして言う。うん、確かにそれは素敵ね。元々が、天井の高い鉄工所。広さも十二分にある。場所こそ大田区でそんなに賑《にぎ》やかなところではないけれども、今はそんなのは関係ない。良いものさえできれば、人は集まってくる。

「改装は、俺ができるしね。いろんな伝手《つて》ができてるから材料集めたりするのもそんなに金掛からないし、図面だって柊也に引いてもらえるしさ」

「柊也にね」

確かにそうね。二人が揃えば何でも造れるんじゃないかって前から言ってたんだから。

「昼間は俺の鉄工所とアトリエ、夜はジャズホール・バー。そうしたら、俺はずっと向こうで暮らしても淋しくないしさ。なんだったら祐子さんの部屋も造ったっていいって話してさ」

「それは、あれなのね」

私は、どうしたって長くない。そしてこの家はまひろちゃんと柊也の家にしてもらうつもり。その話はもちろんタロウも祐子ちゃんも聞いているから。

「二人とも、ここを出る前提の話なのね」

「それは」

まひろちゃんが言いかけるのを、タロウが手を上げて止めた。

「違うって。元々俺は出るつもりで鉄工所を買ったんだし。祐子さんだってね、鉄工所には住まないって。ずっと考えていたことがあったんだって、ね?」

祐子ちゃんが、頷く。

「駿一とね。一緒に暮らそうかと思って」

七　新しい家の話

駿一《しゅんいち》と一緒に暮らす。

祐子《ゆうこ》ちゃんが。

眼を見開いてしまったわね。この年になると驚くこともそうそう無くなるのだけれども、これには本当に心底驚いてしまった。

祐子ちゃんが、駿一と。

一緒に暮らす。

「それは、祐子ちゃん」

「うん」

「おめでとう、って言っていいことなのかしら？」

まだびっくりしている。本当に、ただの一ミリもそんなこと考えたことがなかったから。

タロウが以前に、一緒に歩いている二人を銀座で見たって話をしたときにも、長い付き合いなんだし一緒に飲むことぐらいあるでしょうねと思っただけで、すぐに忘れてしまったほど。

祐子ちゃんが、困ったような、恥ずかしがったような、微妙《びみょう》な表情を見せる。そんな顔初めて見るような気がする。

祐子ちゃんが、恥じらう乙女に見えてしまうなんて。

「駿一さんと結婚するっていう意味なんですよね？　それとも、ただ一緒に暮らすだけっていうこと？」

まひろちゃんもまるで食いつくようにテーブルに身を乗り出す。

「いや、ちょっと待って待って。ちゃんと説明するから」

説明しなきゃならないものなの？

「そもそもね、あたりまえというか、皆が知ってる通り、駿一と私は長い付き合いじゃない」

「そうね」

極端《きょくたん》に言えば生まれた頃からの付き合い。

あなたはここのすぐ裏の家に生まれた女の子で、そして駿一は私の兄の子供。甥《おい》っ子《こ》。駿一が初めてこの家を訪れた頃には、祐子ちゃんはもううちの裏庭に遊びに来ていたぐらい。

そうよ、あの頃ソファの上に寝かせたまだ何ヶ月かの駿一を、家に上がってきていたあなたは可《か》愛《わい》いって覗《のぞ》き込んでいたこともあったわよ。もう少し大きくなったら一緒に遊んであげてね、と言うと、笑顔で大きく「うん！」って頷《うなず》いていた。本当に可愛い子だったのよ祐子ちゃん。

祐子ちゃんの方が三つ年上だし、駿一はもちろんいつもこの家にいたわけじゃないから、小さい頃からずっと一緒に遊んではいなかった。

でも、たまたま駿一がやってきたときに、達明《たつあき》と二人の面倒を見て遊んでくれていたお姉さんであるあなたの姿をまだはっきりと覚えているわよ。

そうやって思い出せば、子供の頃から祐子ちゃんは面倒見の良い子だったのよね。今の音楽は別にして、接客業をずっとやって生きてこられたのもよくわかる。

「まだ学生の頃は、それこそ達明よりも駿一の方が何かしらと付き合いというか、関係性があったのよね。駿一の惚《ほ》れた女が私の友達だったりさぁ」

「そうかしらね」

その辺《あた》りの話はあまり聞いたことがないけれども、少なくとも達明より駿一との方が仲が良かったみたいとは思っていた。

「確かに達明よりかは駿一と馬が合っていたものね。大きくなってからは、達明は祐子ちゃんを怖がっていたし」

「そうなんですか？」

「それじゃあ私がいじめていたみたいじゃないのよ。違うのよ達明はね、私みたいに笑いながら毒を吐《は》くような、ざっかけない女が苦手なのよ」

まぁそうかもしれないわね。

「そもそもあの子は女性全般が苦手じゃないのかしらね。今の仕事に就《つ》いたときにも、お店にいるパートの店員さんのほとんどは女性だから、いろいろと苦労はしていたはずよ」

「え、全然そんなの気づかなかったです」

まひろちゃんはね、娘になった子供だったし、そんな達明を見たことはないわよね。

「もういい年のおっさんになっているからそんなこと言ってる場合じゃないわよね。でも確かに達明は女性全般が苦手な方ね。だから、ひろみさんに出会って本当に良かったわよね。明るくて、こう、一歩じゃなくて半歩下《さ》がって人を支えてくれるような優しくて強い人」

そう、運命なんて言葉はわざとらしくて好きじゃないけれども、達明はひろみさんに出会うためにそれまで独身だったんじゃないかって思うぐらいに、お似合いの二人。

そして二人が出会ったからこそ、まひろちゃんは私のところに来た。私の人生の最後に、最後まですっと伴走してくれるような素晴らしい子が。

そこまで考えると運命というのもあるのかしら、と思ってしまうけれども。

「駿一さんは、女性が苦手でもなかったんですね」

「駿一は、人たらしよね」

「あぁ、そうよね」

どんな人であろうとも、その懐《ふところ》にすいっと素直に入り込んで行って嫌がられないような男。

「モテたんですね」

「モテるというよりは、好かれるのよね。何かわからないけれど気に入られちゃう。今でこそ年を取ってちょっと渋目のおじさまになっているけれど、若い頃はまるで犬みたいだったわよね」

「犬ですか」

可愛がられたり、重宝《ちょうほう》されたり、遊んでもらったり、頼りにされたり。

「我が甥っ子ながら、社会に出ても苦労しないだろうなぁと思っていたわよ。犬のように可愛さと強さを兼ね備えた男性でね。だからこそ海外でバリバリ仕事するようにもなったんだろうけど、いとこ同士でも達明とはこんなに違うものねって」

駿一はそんな男だった。

「まぁそんなんでね。話がちょっととっちらかっちゃったけれど、そういう駿一もね、独身が長いじゃない」

「そうね」

前の奥さんと別れて、もう二十年も経《た》つかしらね。

「そう考えると駿一も、人たらしのわりには伴侶《はんりょ》とする女性には縁がないタイプなのかしらね」

「単純に日本の女性と合わないんじゃないかしらねあいつは。きっとＤＮＡがどっか違うのよ」

私の甥っ子なのだけれどね。まぁそう考えると三原《みはら》家のＤＮＡは何かが混じってしまったかのような人ばかりなのかも。

「周《まわ》りにいる近しい女性っていうのが、それこそからさんと私ぐらいだったのよ。特に警察に復帰してからは、まぁ仕事絡みってわけでもないけれど、店によく顔を出してくれてた。外国人のお客さんと一緒にね」

「コネクション作りってことよね」

「そういうこと」

駿一は語学力を買われて元警察官ということからスカウトされた人間。

国際犯罪や外国人絡みの犯罪に対処するために、在留外国人や何やらとの関係性をずっと築いていっている。私のところにたまに相談に来ていたのも、数少ない翻訳や通訳の仕事について。

祐子ちゃんも伊達《だて》に長く夜の商売をやっていない。同時に音楽業界の人間でもあるのだから、そっち方面の顔の広さは折り紙付き。

「そんなんでね、別れた女房以外でこんなに付き合いの長い女なんて私ぐらいだって話はずっとしていたのよ。私もそうよ。別れた旦那よりも長く付き合いのある男なんてのは達明と駿一ぐらい」

「あなたは別れた夫は三人もいるけれどね」

「えっ、三人いるんですか？」

「言ってなかった？」

一人しか聞いてません、って驚くまひろちゃん。話していなかったのね。まぁ積極的に話すようなことでもないでしょうから。

「三人いたけど、まぁそんなのはどうでもよくなったから別れたんだからいいのよ。三人目の夫と別れてから、ここに転がり込んだのよね」

そういうことね。

「それで、まぁお互いにね。ここに住み始めてしばらくした頃からかしらね。駿一もあの頃はよく泊まり込んでいたじゃないのここに」

「いたわね」

「なんだかんだ話しながらね。お互いにもう誰とも一緒になる気がなくなったのなら、そのときにお互いに一人でいたのなら、最後の最後は二人で一緒に暮らそうかなんて話はしていたのよ。いつまでもからさんの世話になるわけにもいかないからって」

ううん、ってまひろちゃんの唸《うな》るような声。なるほど、そういう話をしていたの。二人で。

「わかるような気がするわ」

お互いにそれぞれの人生を全部知っている同士の男と女。親戚でも家族でもないのに、それよりも近いところでずっと一緒にいる者同士。

何も気兼ねがない。遠慮する必要もない。一緒にいてもまるで苦でもないし、一緒にいることで起こる暮らしのあれこれを分担すれば一人でいるよりずっと楽になる。

一緒に暮らすことに、プラスの要素しかないわね。

「それで、結婚するということではなく？」

まひろちゃんがまた訊《き》く。

「愛し合ってどうこうじゃないのよ。そもそも今更《いまさら》駿一も私も男と女の関係を楽しみたいなんて思えないわよ。そんな年でもないしさ」

愛し合うのに年齢は関係ないとは思うけれども、確かに言ってることはわかる。

祐子ちゃんと駿一はお互いに五十半《なか》ばになろうとしている。まだまだ若いとは言っても、そろそろ自分たちの人生の折り返しを過ぎてゴールを見つめ始める年齢。燃え上がるような愛を楽しむのには、まぁそういう人もいるでしょうけれど、二人とも少し気疲れしてしまうでしょうね。

ただね、って祐子ちゃんが少し顔を顰《しか》める。

「この年齢になった男と女が、社会的な責任もたくさんある男女が一緒に暮らすときにはね、結婚という形を取った方がいろいろと楽なのよ」

まぁ、そうかもしれない。

「あれやこれやを考えると、籍を入れてお互いの関係性をしっかりさせて人生の終わりを迎えた方がいいわね」

「その通りなの。だから、まぁ会社の合併みたいなものよ」

「合併」

言い得て妙ね。

「それで、タロウが突然ジャズホール・バーを造りたいから手伝ってほしいなんてありがたいことを言ってくれて、あぁこれがもう最後のきっかけなんだろうなって駿一とも話して、じゃあこれを機に一緒に暮らしましょうって」

そういうことだったのね。

「もちろん、私の病気とこの家の行く末も含めてということね」

「そう。店をやめて身体《からだ》が空《あ》けば、今度は改めてからさんに恩返しができるわ。この家の掃除も二人が留守するときのスマイルの世話も、昼間にいくらでもできる。まひろちゃんが忙しいときにはからさんのお世話だってできる」

恩返しなんていらないけれども、確かにそうね。

「タロウだって、何の後ろ盾もない元飲み屋のママを自分のところのバーのママにするよりも、刑事の奥さんをバイトで使った方がリスクが少ないってものよ。私のバイト代だけはしっかり稼がなきゃならないって考える必要なくなるんだから」

「え、刑事さんの奥さんが、ジャズホール・バーのママさんをやっていいんですか？」

「全然問題ないわよ。駿一が公務員であろうとその妻は何の関係もないんだから。税金さえ払えば仕事はやり放題」

「それはそうね」

「俺としても、確かにバーを全部任せて祐子さんへのギャラの支払いを心配するよりかは、アルバイトってことで時間給ででもやってもらえたら確かに楽だなって」

「そうなのよ。私にお店を全部任せるなんてのは大間違い。タロウの考えた昼間はアトリエで夜だけホール・バーっていうのは、やり方としては大正解なのよ」

買い取ったところだから家賃の心配はない。

ホールなのだから、演奏をする人たちのギャランティはチケットの売り上げのみでよし。誰も演奏しない夜は訪れた連中でジャムセッションしてもいいし、誰もやらなければただ曲をかけていればいい。

「ミュージシャン連中のアテンドやら何やらは私に全部任せてもらっていいしね。だから、お酒や食べ物の仕入れだけに気を配《くば》れば、掛かる経費はぐんと少なくなるわ。ただのお店をやるよりはリスクはめっちゃ低い」

「昼間は基本アトリエでギャラリーなんだからさ、音楽関係でも飲みにでもいろんな客が入ってくれれば、俺の作品もそこで売れるかもしれないしね」

「ジャズだけじゃなくて、ロックとかも?」

「もちろん。基本はジャズだけど、やりたい人はクラシックでもアコースティックでも何でもこいのホール」

いいわね。

きっとタロウの作品が、大きいものも小さいものもずらっと並ぶホール。タロウの作品にはアバンギャルドの香りがあるから、どんな音楽でも似合う。

「作品の売り上げもきっと増えるわ。アーティストとしてのタロウのいろんな意味での幅も増えるわきっと」

いいことずくめのよう。

「じゃあ、祐子さんは駿一さんのマンションにってことですよね？　新しく家を用意したりではなく」

「そう。あいつのマンションは結婚したときに買ったものだから、家族で暮らせるぐらいに広いのよ」

そうだった。数度しか行ったことはないけれども、いつまでこんな広いところにいるんだろうって思っていた。

「いつぐらいからを考えてるの。タロウの店も、祐子ちゃんの引っ越しも」

「私も駿一もいつでもいいのよ。ここから電車で三十分なんだし、荷物は少しずつ運んでもいい。家具なんかもあっちにほとんどあるから、今の私の部屋の物は、全部捨ててもいいぐらい」

駿一のマンションは、新宿区《しんじゅく》。高田馬場《たかだのばば》の駅から歩いて行ける。確か地下鉄なら端っこの方の出口から出れば、男の足で二、三分だったわよね。ここからなら西日暮里《にしにっぽり》まで行って、山手線かしらね。そんなに面倒でもない。

「こうやって皆に話して、後はもう本当にどのタイミングにするかだけ。私の店もいきなり閉《し》めるってわけにもいかないから。それこそタロウのホール の準備ができ次第、店を閉めて、部屋も引っ越ししようかなって」

タイミングね。確かにそうね。

「俺の方は、半年ぐらいあればなんとかなるかなって」

「そんなに早くですか？」

「やろうと思えばもうすぐにでもできるさ。場所はあるんだから、機材揃《そろ》えて酒揃えればすぐにでも。でも、きちんと商売にするってことを考えると、やっぱきちんとした計画が必要だからさ」

　音響関係の機材を揃えるのも、バーに必要な物も祐子ちゃんがいれば何も問題ないわね。

「私の店から引き上げられる物を使えば、最初に必要な物はほとんどまにあうわよね。まぁ場所が広くなるから、それなりのスピーカーなんかの音響機材は新しくした方がいいけれども、それも何とかなるわ」

　順番で言うと、タロウのお店の造作《ぞうさく》を済ませて、祐子ちゃんのお店を閉めて、そこから何もかも運び込んでって感じね。

「何だか、わくわくするけれども、いきなり淋《さみ》しくなるような」

「そんなことないって。どうしたって俺も祐子さんもここに出入りはするんだしさ。単純に皆が集まる場所が増えるってことだよ」

　いいわね。

「すごくいい。長らく行ってなかった駿一のところにだって足を運べるだろうし、タロウの家に遊びに行ったらそのままお酒を飲んでライブも観られる」

　このまま静かに家にいたまま、いつもの暮らしをしながら人生の終わりを迎えるようになるかと思っていたのに、いきなりその前に別世界が広がっていってしまうみたい。

まだまだ死ぬには早いわって思ってしまう。

「手伝ってみたいわ。店造り。あの鉄工所がどれだけ素敵なものになっていくのか。ねぇまひろちゃんも」

「やってみたいです。でも何ができますかね」

「何でもできるさ。さすがに造作の手伝いをしてもらうのはちょっとキツイだろうけど」

「バーカウンターとか絶対に造るんだから、そこに酒瓶を並べるのもセンスが必要なのよ。そういう小物からインテリア関係はからさんにトータルコーディネートしてもらったらいいわよ。タロウなんか足元にも及ばない世界の〈KARA〉よ？」

「もちろんっすよ。やってほしいっすよ。それも考えていたんですよ、ホールやりたいって思ったとき」

できるかしらね。できそうね。

「それに」

タロウが少し考えるふうにして言う。

「実は、祐子さんにママさんやってもらいたかったのも、からさんにデザインとか、柊也《しゅうや》に設計とか、そういうのもそうなんだけどさ。まだ向こうにも言ってないんだけど兄貴にもそこを手伝ってほしいかなって思ってる」

「お兄さん？」

そう、ってタロウが微笑《ほほえ》む。タロウのほとんど父親代わりでもあった、年の離れたお兄さん。祐子ちゃんより少し年下だったぐらい。

「一回脳梗塞《のうこうそく》で倒れてからさ、いや、一応はもう全然元気なんだけど、やっぱりいろいろと調子悪いみたいなんだよね。会社に行って仕事すること自体がもういろいろきついみたいでさ」

「あら、そうなの？」

「もうちょっとしたら定年も見えてくるんだけど、それまできちんと勤め上げられるかどうかも自信なくなってるみたいだし、かといってさ、敬《たかし》はまだ向こうの大学で大学院まで進んでいるしさ」

早期退職するわけにもいかないのね。

「兄貴はさ、若い頃にずっと喫茶店とかのバイトやっていて、自分で店をやることも夢っていうか、やりたいことのひとつだったんだ。それは知ってたんだ俺。あ、じゃあ俺が店をやっていたら、兄貴がいつでもやりたいときに来てもらえるんじゃないかって思っててさ」

「それは、もう早く言うべきよタロウ。何で私に先に言ってくるのよ向こうが先でしょうし」

「や、兄貴に先に言ったらぜってぇ怒るからさ。怒るっていうか、お前の人生を俺のために使ってどうすんだなんて言って気を遣《つか》ったりするだろうからさ」

二度ほどしか会ったことのないタロウのお兄さん。とても、生真面目《きまじめ》な人で、苦労人。残念ながら父親には恵まれず、母親も早くに亡くして弟であるタロウをほとんど一人で育て上げたような人。

タロウが私の詩をきっかけにして引きこもりから抜け出して、アーティストとしての才能を自分で見つけてこうして自分の人生をしっかりと歩き出したことに、本当に感謝してもし足りないと、涙を流していた。

もちろん私は何もしていないし、そんなことは一切《いっさい》気にしないでくださいと言った。何もかもタロウが自分で、自分の力で見つけたもの。そしてその力を育《はぐく》んだのは、間違いなくお兄さん。

「祐子ちゃんとの話で、自分で店をやるから、今度手伝ってほしいと言えば、お兄さんは素直に受け取ってくれるかもしれないわね」

「そうなんすよね。義姉《ねえ》さんも昔はレストランで働いていたこともあるんで」

「いいじゃないの」

それはもう、ますます成功させなくちゃ。

「祐子ちゃんのバイト代だけ稼《かせ》げばいいなんて言ってられないわよ」

タロウの作品の売り上げ以上に、お店としての売り上げもしっかり上げられるようにしなきゃ。

＊

柊也が珍しく残業で、夜遅くになって帰ってきた。

晩ご飯は済ませていたので、お風呂に入って落ち着いたところで、お茶を飲みながらまひろちゃんと一緒に祐子ちゃんの話を聞かせたら、大笑いして、実はもう全部大分前《だいぶ》から知っていたんだと。

店をやりたいことも、祐子ちゃんと駿一のことも。

「大分前って、いつから」

「もう半年ぐらい前かな」

「え、どうして言わなかったのよ」

私とまひろちゃんは今日になって聞いたのに。

「いや、タロウからは結構前に、鉄工所を使って店をやるとしたら設計頼めるかっていうから、それはもうもちろんだよって話をして、まだ皆に言うまで内緒なってことで。そのときは、お兄さんとの話をしていたんですよ。将来は家族皆で一緒にやれたらいいなってあいつは言っていて」

なるほど。

最初にお兄さんのことを考えていたときなのね。

「祐子さんと駿一さんの話は、実は同じぐらいの頃に、駿一さんから」

「駿一が話したの？」

「柊也さんに？」

「たまたまなんですよ」

駿一は渋谷《しぶや》署勤務。そして柊也の会社、黒田《くろだ》建設も渋谷にある。

一口に渋谷といってもそりゃあ広いのだけど、どうも駿一と柊也は昼休みに食事に行く店がいくつか被《かぶ》っていて、たまにばったり会うことがあった。

「それは、言ってたわね」

お互いに仕事仲間と連れ立っているので、一緒に食べることはまずなかったけれども、その日はたまたまお互いに一人だった。

「駿一は捜査をするだけじゃないから、一人でいることも多いのよね」

そう言っていた。刑事ではあるけれども、事件の捜査をすることよりも、ほとんど調査と通訳がメイン。だから渋谷署だけではなく、頼まれてあちこちの所轄《しょかつ》に行って、容疑者の通訳をして帰ってくることも多いとか。

「一緒にカレーライス食べていたんですよ」

「あなたたちカレー好きよね」

二人とも何かというとカレーを食べているって聞いた。柊也がやたら昼にカレーを食べているので、うちでカレーライスを作るのは休日のみになっているぐらい。

「それで、駿一さんが、そのうちに祐子さんと一緒に住むことになるだろうから、心配しなくていいよ、なんて言ってきて」

「心配って」

「僕とまひろが結婚してからも、祐子さんがからさんの家にずっといることはないからねって話で」

そうだったの。

「ただ、そのときが来るまでは内緒って、それもタロウと同じような感じで言うもんだから僕笑っちゃって、いつまでこれを内緒にしていればいいのかって思ってたんですけどね」

今日になって解禁になったのね。それでさっき大笑いしたのね。

「ホッとしました。これで大っぴらに話ができる」

「良かったわね。それで、お店の改築の方は何か話が進んでいたりしているの？」

「してます。いいですよねあそこは。本当に最高の場所だなって思ったんですよ」

何度も足を運んでいるけれど、最初にタロウと一緒に見に行ったときに、何でもできる空間だなって思ったたって。

「だから音楽のホールって話を聞いたときにもういろんなものが頭に浮かんできて、あそこにスピーカーを取り付けて、そこにステージを組んでって造作がすぐにでも図面を引けそうになっちゃって」

「そうなのね」

確かに広くて天井が高くて最高と思ったけれども。

「予算もそんなに掛けずに済むと思うんです。あくまでもタロウが地道に一人で作業するのであれば、っていう前提ですけど、材料はかなり工場にあるもので賄《まかな》えるので」

「たくさんあるの？」

「あるある。使われていない鉄材が山ほどあるし、コンパネっていう作業にしか使わないベニヤ板もたくさん。表に出るところの合板や資材は多少買わなきゃならないけれども、そこはうちで安く仕入れられる」

「最強の組み合わせね、あなたたちは」

本当に二人がいれば家一軒でも簡単に建てられそう。

「予算との兼ね合いですけど、作業人員も僕の方で手配できるから、それはまぁ今後の相談。社長にも話したんですよ」

「黒田さんに？」

「社長もタロウの作品買ってくれたでしょう？　本当に気に入っているんですよ。それで鉄工所をアトリエやギャラリーやホールに改装したいって話をしたら、それは楽しそうだから自分も個人的に一枚かませてくれって」

ますます最強ね。

「アベンジャーズみたいになっていきますね」

「本当ね」

柊也も、笑って頷いている。

「ちゃんとしたというか、予算があるのならばうちの会社で仕事として受けることもできるんですけど、さすがにそれは無理があるし、下請《したう》けに回すのもなんなので」

「下請けに回すのなら余計に予算が掛かるものね」

「そうなんですよね」

仕事はそういうもの。

「なので、まったく個人的な時間しか使えないんですけど、充分《じゅうぶん》やれますよ」

楽しみだわ。どんなお店になっていくのか。

「それで、その話がでたところで、なんですけど」

柊也が、少し真面目な表情をして、私とまひろちゃん、両方の顔を見た。

「なに？」

「何かあった？」

「僕とまひろの結婚についてなんですけど」

はい。何でしょう。

「タロウの店じゃないですけど、どのタイミングにしようかというのは、まひろとも話していて困るというか、決めかねているというか」

でしょうね。私もそう思っていた。

することは間違いないし、お互いの親も承知していること。もうすぐにでも婚姻届を出せば晴れて夫婦としてこの家で暮らして行けるのだけれども。

「何ヶ月後、何年後、なんていうのが決められなくて」

ねぇ、って感じでまひろちゃんを見て、まひろちゃんも大きく頷いている。何ヶ月後はまだしも、何年後だと私が生きているかどうかもわからないものね。

「いつでもいいけれど、いつでもいいってわけでもない。なので、これはまひろにも初めて言うけど、タロウのお店ができあがるその日に、お店で披露宴《ひろうえん》をするのはどうだろうかって思って」

まひろちゃんが眼を大きくさせて大きな笑顔になって手を合わせた。私も思わず口を開けてしまった。

「いい！」

「いいじゃないの！」

何て素敵なアイデア。

「そうしましょうよ。そうしてちょうだい。それならはっきりと日程を組めるでしょう」

「組めるんです。タロウが僕の設計にオッケーを出せば、逆算してすぐにでも。いいよね？」

まひろちゃんが、何度も頷く。

「そうします。しましょう」

良い笑顔。まひろちゃんに出会ってからいちばんの笑顔を見たような気がする。

「後は、もうひとつあるんですけど」

「もうひとつ？」

柊也が、小さく頷いて表情を引き締める。

「母に、以前に母が働いていた会社の名前を聞いておきました」

会社の名前。

「札幌《さっぽろ》にある会社でした」

「札幌だったのね」

柊也のお母さんの実家は旭川《あさひかわ》。

「父の、僕の生物学上の父親を、捜してこようと思うんです。タロウの店の設計に取り掛かる前に」

「お父さんの」

まひろちゃんが、唇を引き締める。小さく、顎《あご》を引いて。

「あのとき、からさんが物語にしてくれたように、僕の父は間違いなく母が勤めていた会社の上司だったと思うんです。母は否定しませんでした。なので、名前もわかりました」

「わかったのね」

「小野充夫《おのみつお》という人でした」

小野さん、と、まひろちゃんが声に出さずに繰《く》り返《かえ》した。

「そこから先は、探偵のような仕事になります。黒田社長がまひろを捜したようには僕はできませんから、本職の調査会社に頼もうと思っています。向こうに決して迷惑がかからないような形で調べてほしいと」

頷くしかないわね。

「結婚の予定をはっきりと決める前に、そこにケリをつけたいのね」

「そうです」

自分の父親が、どんな人なのか。

「調べてもらって、会ってこようと思います。もちろん、向こうにはわからないようにして」

八　もうひとつの家

エアコンなしでは過ごせない季節になってきたけれども、家の中の空気はできるだけ自然のままにさせたい。そう思ってずっとそうしてきた。

そもそもエアコンで冷やされた空気の中にいると、頭痛がしてくるような体質だった。単純に冷えに弱いのかもしれないし、何かのアレルギーとかそういうものなのかもしれない。

なので、暑い季節になってきたら、家中の窓という窓を開けて風が通るようにしてきた。もちろん、すべての窓に網戸を付けて。玄関にだって我が家は特注で作った網戸が入るようにしてある。風が通り抜けて、少なくとも閉《し》め切って冷やすよりは気持ちとしては快《こころよ》くなるけれども、細《こま》かい外の埃《ほこり》も入り放題になってしまうから、我が家の夏は一日二回の床掃除が欠かせない。ほぼ全ての部屋がフローリングで良かったと思う。今はモップで拭《ふ》けば大抵の埃はすぐに取れてきれいになるから。

そして、幸いにも家の外壁はすべてレンガ。

レンガは遮熱《しゃねつ》効果が高くて、夏でもひやりと冷たい。たぶん、普通の家よりはずっと我が家の中は何もしていなくても涼《すず》しいはず。

電気代がもったいないとは思うけれども、あまりにも暑いようなら、窓を開《あ》けたままで少しの間はエアコンを点《つ》けたりもしている。

自分では全然わからないけれども、老人になってくると暑さを感じる機能も衰《おとろ》えるのだとか。だから、なるべく自然なままでいたいという私の我儘《わがまま》に、まひろちゃんはいろいろ用意してくれる。濡《ぬ》れたタオルを持ってきて首に回したり、氷屋さんに氷柱《ひょうちゅう》を持ってきてもらって、たらいに置いて扇風機を回したり。

まさに、昔ながらの日本の夏の風景よね。自分一人だったらそこまでする気もないのだけれども、まひろちゃんは本当に有能なマネージャーであり、身体《からだ》を気遣《きづか》ってくれる優しい孫。

タロウのジャズホール・バー。

オープンは焦《あせ》ってもしょうがないけれども、かと言ってのんびりと一年も二年もかけてはいられないと言っている。なので、やっぱり半年ぐらいの期間で完成させるつもりでいるそう。

完成というか、そもそもがギャラリーもアトリエも、そして住居も兼ねようとしている大きな箱なんだから、まずはそこに演奏ができるステージとお酒が飲めるカウンターとテーブルというスタイルをちょうど良い場所に作ってしまって、あとは熟成していくみたいにしていろいろ付け加えたり少し直したりして良い感じになっていけばいい。それなら、半年で何とかなるってタロウも、図面を引いている柊也《しゅうや》も思っているみたい。

たぶん、私のことも考えているのよね。

体調はそれほど悪くはない。

ひどい風邪を引いてしまったよりは、ずっといい。身体の怠《だる》さや食欲にムラが出てしまっているのは、慣れればどうってことはない。そもそもが年寄りはどこか調子が悪くてあたりまえなんだから、そんなことで悩むこともない。

病《やまい》は気から。医学を軽んじるわけではないけれども、やれることをやったのなら後は本人の心持ちも大きな要素であることは、事実。お医者様だってそう言ってる。

治療は、まぁまぁ上手《うま》く行っているけれども、最初に確認したときよりも、思ったよりも転移が拡がってしまっている部分もあった。このまま、ガンを潰《つぶ》して見つけてまた潰してといういたちごっこのような感じになるかもしれない。

そうなると、あと十年も確実に生きられるという保証はない。今の様子では、転移がこれ以上拡がらなければ、半年や一年という期間で急速にどうにかなってしまうという可能性はそんなにも高くはない、と、お医者様は言っている。

十年も経《た》てば八十五になるのだから、普通に死んでしまってもおかしくない年齢だから、まぁそんな感じでいいんじゃないかと思っているのだけれど。

私のことは気にしなくていいとは言っているけれども、生きているうちにタロウの店のオープンと、まひろちゃんの花嫁姿を見たいのは、事実。

タロウが向こうを自分の家として、祐子《ゆうこ》ちゃんがこの家を出て駿一《しゅんいち》と暮らし始めて、そして、まひろちゃんと柊也が式を挙げて、この家で夫婦として改めて暮らし始める。

それを見られたのなら、もういつ死んでもいいかな、と思うから。

タロウと柊也は話し合って、オープンを新しい年が始まる一月の十五日に決めた。

どうして十五日にしたのかは、たまたまなんだけれども、タロウのお兄さん幸介《こうすけ》さんの誕生日だったとか。それも良いプレゼントになるわよね。

柊也が仕事から帰ってきて、晩ご飯の時間。

今日はタロウもいなくて、祐子ちゃんはお店へ。

祐子ちゃんのお店を、半年ぐらいを目処《めど》にして閉めることは、もうお客さんたちにも話している。一緒に働いてくれている女の子たちにも伝えていて、もしも次の働き先が決まらないようなら、今までとは職種が変わってしまうけれども、タロウのところで一緒にどうかという話も。

今までと違って、お酒を飲みながらお客さんの相手をすることはなくて、もっとライブホールのスタッフ的な仕事の比重が高くなってしまうけれども。その辺も、これから詰めていく話。

祐子ちゃんの話では、もうタロウのジャズホール・バーの件はかなり業界内に広まっていて既にライブをやりたいという問い合わせがたくさん来ているとか。

ジャズだけじゃなくて、ロックもアコースティックもいろいろ。広いから吹奏楽やちょっとしたオーケストラからの問い合わせもあったって言ってる。この様子だと、オープン前には既にスケジュールが一年先ぐらいまで埋まるんじゃないかって祐子ちゃんが言っていた。

改装の図面はもう上がっていて、柊也も休日にはタロウのところへ行って、打ち合わせや作業を進めている。

今日の晩ご飯は、豆ご飯に、アジの南蛮漬けに茄子《なす》とベーコンのチーズ焼き。お味噌汁《みそしる》は豆腐とネギ。金時豆の甘煮は柊也の好物よね。

「それで、からさん。父親を捜す件なんですけど」

「うん。何か進展があった？」

柊也の父親が今どこでどうしているかを調べる。

調べて、捜して、顔を合わせるか、あるいは遠くから見るだけにするか、どうするかはわかってから考えるとは言っていたけれども。

「捜すのを、僕の同級生がやってくれると言うんです」

「柊也の同級生？」

「そうなんです」

生まれてから高校を卒業するまでを旭川《あさひかわ》市で過ごしたから、当然仲の良かった同級生や友人は何人かいて、その中には柊也と同じように高校を卒業して旭川市を出て、札幌《さっぽろ》市に住んでいる人もいる。

「その人に、調べてもらうの？」

「田島《たじま》という男なんですけど」

中学と高校が同じだったたという田島さん。その頃から仲が良くて、今もときどき連絡を取り合ったりしている友人。

田島さんは、札幌の大学を出て、そのまま札幌市で駅ビルの管理をしている会社に就職して今も勤めている。

「駅ビルって、あの札幌駅のね。大きなところね」

ついこの間、行ってきたばかり。大都市の、しかも政令指定都市の駅はどこも本当に大きい。札幌駅も大きいビルが併設されていて、そこにはお店もたくさん入っていた。大きなショッピングビルのようなもの。

「そこの会社は、ほとんどデベロッパーみたいな感じなんですよね」

「そうなるわよね」

あれだけ大きな駅ビル。お店も何十軒どころか百軒以上入っていたと思う。

「田島はそこの広報部みたいな部署で仕事をしているんです。だから、顔も広いというか、知り合いもたくさんいるんですよ。しかも彼はそこで駅ビルが発行している機関誌やウェブのライターやエディターもやっているので、外に出て人に話を聞いたりそれを原稿にしたりしていて」

「ほとんどまひろちゃんと同じような仕事ね」

まひろちゃんが、頷《うなず》いている。

「そうなんです。それで、田島は僕の家の事情も全部知っているし、もちろん信用できる男なんで一応訊《き》いてみたんですよ。母が勤めていた会社を知ってるかどうか」

柊也のお母さんが勤めていた会社。そして生物学上の父である小野充夫《おののみつお》さんがいた会社は、機材リースやレンタル業をメインにしていた会社で、お母さんが勤めていた頃よりも今はかなり大きくなっていたとか。今では不動産業からエネルギー事業などかなり幅広くやっている。

「全然普通に、北海道でなら誰でも名前ぐらいは聞いたことがあるような大きな会社でした」

「そうなのね」

当然その田島さんも会社自体は知っていて、普段から自分のところに出入りして親しくなっている営業の人もいた。

「それならちょうどいい企画があって、それを使って調べられるんじゃないかって田島が言い出して」

「企画？」

「駅ビルで発行している機関誌に不定期で連載している〈札幌という街を作ってきた人々〉って感じのインタビューものらしいんです。街作りに関わってきた建設業や不動産業なんかの会社や、あるいは百貨店や商売をやってきた人たちに話を聞くもので、今までも定年退職したようなベテランの人たちに話を聞いたりしてきたらしいんです」

なるほど。

「そこの会社に、定年退職したか、あるいはベテランの方に話を聞きたいけど誰かいい人を紹介してほしいと持ち込むわけね」

「そうです。退職した人や定年間近の何人かをリストアップしてもらって、そこに運良く小野充夫さんの名前があればいいいし、なければこんな人はいないかってこっちから持ちかけても全然不自然じゃないです。それで、住所や現在の様子がわかればいいかなって。何よりも」

「ひょっとしたら、インタビューにかこつけて直接話を聞けるわけね？　同じ仕事をしている人間のふりをして柊也も一緒に」

「そうです。調査会社を使うっていうのはやっぱり何か気が引けるし、基本的に僕が小野充夫さんを捜しているのがそこには知られてしまうわけですから」

「記録として残ってしまうものね。いくら守秘義務があるとは言ってもね」

今まで、柊也のお母さんが誰にも知られることなく隠してきた事実。何故《なぜ》小野充夫さんがどうしているか知りたいかという理由は調査会社に知らせる必要はないけれども、間接的にでも何かしらあることがわかってしまうのは、少し困るわよね。

「田島が動いて訊く分には、インタビューする人を捜しているんだから、何の疑念を抱《いだ》かれることもないと思うんですよね。まずはそうやって調べてみて、どうしても無理だったら」

「調査会社を使うのは最後の手段ね」

「そういうことです」

それならば。

「もしもその手でわかって、そしてインタビューを本当にするのだったら、まひろちゃんとあなたでやってきたらいいんじゃないの？」

「私もですか？」

そうよ。

「まひろちゃんは、プロよ。インタビュアーとしては最も適した人。仕事として請《う》け負《お》って、もちろんそういう状況ならノーギャラでもいいんだろうけれども、そこに柊也も同席できるじゃないの」

「それは、そうですけど」

実際に顔を合わせるのかどうかは、居場所がわかってから決めると言っていたけれども。

「調べてどんな人か、今何をしているのか、そういうことだけわかったからどうだってものじゃないでしょう。話ができるのなら、もちろん名乗ることはお母さんのためにも、向こうのためにも良くないことだから絶対にしない方がいいけれど、しっかり話ができた方がいいじゃないの」

仮に、本当にろくでもない男だったとしたら、ショックだったり頭に来たりするだろうけれども。

「それも含めて、まひろちゃんと二人で歩《あゆ》み出《だ》す新しい人生のいい一頁《ページ》になるわよ」

「一ページ」

そうよ。

「二人で綴《つづ》り出《だ》す、最初の頁にしっかりと自分の出生《しゅっしょう》にまつわることが記される。どんなことであれ、はっきりするのはいいことよ。自分の足場が、しっかりと固められることになるのだから」

まひろちゃんが、うん、って頷いている。

「でも、いいですか？　私も一緒に行くとなったら、向こうの親たちにもまた会って話をしてきたいので、二、三日は家を空《あ》けちゃうことになりますけど」

何を言ってるのよ。

「二、三日でも一週間でもいいわよ。まだ自分のことは何でも自分でできます。仮に何かあったって、祐子ちゃんだってタロウだっているじゃない。なんだったら駿一だっているわ」

あのとき、まひろちゃんが生みの親である量子《りょうこ》さんに会いに行ったときには、柊也が一緒に行った。

まだ彼氏でも何でもなかったときだけれど。

「今度は、柊也なのよ。そして柊也と一緒に行くのは、まひろちゃんしかいないじゃないの」

田島さんをなんだかダシに使ってしまうようで申し訳ないけれどもね。その辺は、柊也がきちんとしておいて。

会う前に、母にも話をしに行ったんですよ。

ちゃんと会ってくるからって。もちろん、絶対にわからないようにするから心配しないでって。

改めて、話してくれました。

父とのことを。

病院で会ったときに、からさんが話した母と父の〈物語〉は、ほとんどそのままだったんですよ。

あのとき、必死に隠していたけれど、もう倒れるんじゃないかってぐらいに驚いていたそうです。

どうしてそんなに何もかもわかってしまうんだろうって。

創作する人間というのは、恐ろしいほどに本当に凄《すご》いんだなって言ってましたよ。

＊

出会いはもちろん、新入社員と上司としてです。

一目惚《ひとめぼ》れとか、そんなのじゃなかったそうです。別になんとも思っていなかったって。ただ、素敵な人だなと思ったそうです。仕事ができて、自分たちに接するときにもきちんとしていて、偉そうだったり上から見たりなんてすることもなくて。

ミスがあったそうです。いわゆる発注ミスのような感じのもの。

記載ミスだったので直接記載した母の間違いだと思われたんですが、母は間違いなく上司、あ、父ではなくその下の人ですね。

当時は父は部課長クラスの人で、その下に係長クラスの人がいる。だから、言い方としては部長が父、ということになるんですかね。直属の上司はその係長クラスの人ですね。

その上司からの指示で母は書類を作ったので、そして何度もチェックしたから自分が間違うはずがないと自信があったんです。

もし間違っていたのなら、それは母に指示をした係長クラスの上司だと。

でも、上司は母のミスがあったと報告してしまった。

納得できなかったけれど、最終的にミスはミス。

幸いにも大事には至らなくて何とかなったそうなんですけど、母は怒っていたそうです。どうしてそんなことになるのか。そして何で自分が怒られなきゃならないのか。私のせいではないと大声で言えないのか。言ったらダメなのか。

何日かした後、仕事帰りに偶然父に会ったそうです。

それは、偶然ではなく父が帰り道で待っていたそうなんですけど。

今回のミスの件で話をしたいって。

会社の人間誰にも会わないような、少し離れた店でお茶を飲みながら話をしたそうです。

母は全部きっちり言ったそうです。決して自分のミスではない。でも結果的に間違っていたのだから、それは間違いなく自分に指示をした係長クラスの人のミスである、と。

ただ、それを示す書類や証拠の類《たぐ》いはない。結局言った言わないの話になってしまう。

それでも、結果としていちばん下の立場である自分がミスをしたとされるのは本当に納得が行かないと。

父は、真剣に話を聞いていたそうです。

実は、係長クラスの人には、今までにも似たようなことがあったと。自分のミスを下の人間に押し付けるようなことが。

部下のミスはつまりは自分の、父のミス。

申し訳ないと頭を下《さ》げたそうです。

母に向かって。

驚いたって。

母の話を聞いただけで信じてくれたことに。年下の、しかも新入社員である自分に対して頭を下げたことに。

でも、それがわかっているのなら、係長クラスの人に言ってきちんと責任を取らせるべきだろうとも言ったそうです。新入社員なのになかなかうちの母もやりますよね。けっこう、そういう人なんですよ母は。

もちろん、責任を取るべきなのは係長クラスの人間だし、自分もわかった部分では彼にきちんと言っていると。

そのうちに、責任を取らせるというか、彼の能力に見合った場所を与えなければならないとも考えていると。

けれども、彼にもまた、責任というものがあるのだって。

つまり、この会社で働き家庭を持ちそれを支えている一人の男であるということ。

たとえば更《さら》に上に報告して減給とか降格とかをおいそれとさせるわけにもいかない。彼の人生に多大なる影響を与えてしまう。

彼にそのポジションを与えてよしとしているのは紛《まぎ》れもなくこの会社の上層部そのものなのだから、そこへの批判ともなってしまう。

大きな問題なのだと。

母もわかったそうですよ。

今までにもそんなふうにしてあった係長クラスの人のミスは、父が自分の責任において何とか解決して処理をしてきたのだと。

部下のミスは、自分のミス。

自分に管理能力が足《た》りないせい。

そのときから、母は父に恋心を抱《いだ》いたみたいです。

そこから、どうして二人がそういうことになってしまったのかは、話してくれませんでしたけど。

そりゃあ話せないですよね、恥ずかしいし大昔のことだし。

でも、間違いなく、父はいい人だったのだと。

私が、母が惚《ほ》れて惚れ抜いた人は、素敵な人格者だったのだと。


本当に、母は何ひとつ告げずに別れたそうです。

会社を辞める理由は親が病気になってしまったので、故郷の旭川市で一緒に住んで向こうで働くことにしたっていう嘘をついたって。親は、祖父祖母はそのときは全然元気だったんですけどね。

父にも、そう言ったそうです。

どういうふうにして別れ話というか、そういう話をしたのとかは今回も訊かなかったし、母も言わなかったですけど、とにかく向こうはその会社を辞める理由以外は、一切《いっさい》何も知らないと。それ以外の話は何もしなかったって。

それで二人の関係を終わらせた。

その後、手紙も書かなかったし電話も一切しなかったし、向こうから来ることもなかったって。

ただ、そこの会社には当時は営業所が旭川市にもあって、辞めるときにそういう事情なら職種は変わってしまうけれども、そこに異動するというのはどうだと会社から言われたらしいです。

すごくありがたかったけれども、それじゃあ別れた意味がなくなってしまいますから。社員としてフルタイムで働くのは無理だから、というこれも嘘をついて断ったそうです。徹底していますよね。

でも、その営業所に、母をよく知る同僚とかが異動してくることもあるかもしれない。実家の電話番号なんかは誰にも教えていなかったはずだし、旭川市自体は広いけれども、市街地、駅前の繁華街なんかは狭いですから、出かけたときにバッタリ会ってしまうかもしれない。

母は、イメチェンしたそうですよ。

髪を切って、染めて、普段の服装もそれまでとはまるで違うものを買うようにして。偶然街で擦れ違っても誰だかわからないようにしたって。

それぐらいの覚悟だったんですね。

ちょっと理解できないというか、そこまでして守らなければならないものだったのか、と。

そうだったんでしょうね。

父を、愛した人のそれまでの暮らしの全てを守ろうとしたんでしょうね。

誰も不幸にはしたくなかったんでしょうね。

一度だけ、同僚から電話があったそうです。辞めて半年後ぐらいだったそうです。実家の電話は履歴書に書いてあったものを調べちゃったって。あ、女の人ですよ。

仲が良かったけれど、そして今度旭川に行くから会わないかってお誘いだったそうです。

もう僕がお腹《なか》の中で育っていたので断ろうかと思ったけれど、休みの日に元同僚が来るのを、しかも仲が良かったのに断ったら、ひょっとしたらそれで何か勘ぐられたりするかもしれない。

なので、実はもう結婚して子供がお腹にいるんだということを言ったそうです。向こうはびっくりしていたそうですよ。

話を作ったそうです。

相手は小学校の同級生にして、名前は適当に作って。

それで、旭川の喫茶店で会って、楽しく話をしたそうです。そのときに、父の話も聞いたって。

上司でしたからね。その女の人も、同じ部下だったそうです。

母がもう結婚して子供ができたってことも、その女の人が話したそうです。

父は、ちょっと驚いて、でもそれはおめでたいなって喜んでいたって。

お祝いを、贈ってくれたそうです。

その女の人が、父の分も含めて、仲のよかった皆がお金を出し合って、赤ちゃんの服や玩具《おもちゃ》やいろいろ詰め合わせて。

その後も、その女の人からは連絡があったみたいですけど、何年かして離婚したってことにしたそうです。

今はシングルマザーとして僕を育てているって。

本当にもう、凄いですよね。

母の、人生。

強い人なんだなって。

父は、小野充夫さんは、七十歳になっていました。

やはり母とは十歳以上違ったんです。

一緒に働いたその会社ではもう定年を迎えていましたけれど、子会社で嘱託《しょくたく》として働いていました。

今は、奥さんと二人暮らしです。

お子さんは、双子だったんですって。女の子二人で、今はもう二人とも結婚して家を離れて、幸せに暮らしているそうです。お一人は東京にいると言っていましたね。もうお一人は地元で。

年齢も言っていましたけど、計算してみたら、母と一緒に働いているときにはもう小学生でした。

可愛い双子の女の子がいるのに、どうして母とそうなってしまったんだろうなとはもちろん、そのときも考えましたけど。

何かがあったんでしょうね。

それは、僕らがどうこう言うものじゃないだろうし、考える必要もない。

ただ、母が守ろうとしたものは、こうしてここにあるんだってはっきりとわかりました。

幸せな家族の姿が、そこにありました。

ひょっとしたら、僕がまひろと作って行くべき、家族の姿が。

母は、愛した人のためにそれを人生を賭けて守り抜いたのだなって。

＊

「柊也さんに、とても似ていました」

まひろちゃんが、言う。

「きっと、柊也さんがもっと年を取ってからこの写真を見たら、そっくりだなっておもうぐらいに」

まひろちゃんが自分の iPhone に出した小野充夫さんの写真。

インタビューは自宅で行なったというから、その部屋を背景にして、ソファに座る年配の男性。

見事な白髪に、黒縁の眼鏡。細面《ほそおもて》のその顔には、もちろん年相応の皺《しわ》も刻まれているのだけれど、七十歳よりは若く見える。六十代はもちろん、きちんとした格好《かっこう》をして真剣な顔をしたのなら、五十代でも通じるかもしれない。

誠実そうな、人柄が透けて見える顔。

「素敵な方ね」

そして、本当に柊也によく似ている。いえ、柊也が似ているのだけれど。私ぐらいの年寄りなら、この二人が並んでいたのなら絶対に親子だろうな、と思えてしまうぐらいに。

「小野さんは、柊也のことを自分に似ているとか言わなかった？」

「特には。僕たちも触れませんでしたし」

「娘さんの写真を見せてもらったんですけど、お母様によく似ていました。あれですよね、ひょっとして息子さんがいたのなら、柊也さんのことも自分に似てるとか思ったかもしれませんね」

「あぁ、そうね」

子供がいる人ならわかるかもしれない。

実際に娘や息子を持つと、自分に似ているかどうかのモデルがそこにあるので、はっきりと自分の影を認識できるから。

「最後に、インタビューとは関係ない質問をしてみたんです」

まひろちゃんが、少し悪戯《いたずら》っぽく笑って言った。

「え、どういうのを?」

柊也が、苦笑いした。

「ちょっとびっくりしましたね。何を言うんだって」

「在職中に、仕事とは関係なくていいんですが、印象的な、今も思い出として残っている出来事なんかはありませんでしたかって訊《き》いたんです。会社勤めでなければ、経験できなかったようなものはって」

「あら、それはまた」

「一応、若い人たちに向けて、会社員として働くことの楽しさとかおもしろさとか、そういうものも含めてっていう意味合いを込めたので、的外《まとはず》れな質問ではないんですよ」

それは確かにそうね。

「何か言ってたの？」

「うーん、って考え込んでましたね。同僚たちと過ごした、たとえば慰労会《いろうかい》とかそういうものは楽しかったし、仲間として長い間過ごせたこと自体がもう全部いい思い出だな、とは言ってましたけど」

良い思い出というか、印象的というのなら、って最後に言っていたそう。

「言葉を選ぶように、ゆっくりと考えてから言いました。いろいろな理由で、途中でうちの会社を辞めていった若い人たちのことは、折りに触れて思い出すことがあるって」

「若い人たち」

「特に、自分の部下だった人たちのことは、よく覚えているって」

「そうなの」

「彼らが、その後に別の場所で、うちにいたときよりもいい人生を送ってくれていればいいんだが、って。今でも、たまに思うって」

柊也が、頷いている。

「お母さんのことね、きっと」

「そう思いました」

言葉を選んだからこそ、若い人たち、なんて言ったのでしょう。

「お母さんには」

「まだ、何も言ってません。写真も送っていないし。そのうちに、自分から訊いてきたら教えようと思ってます」

そうね。その方がいいわね。

「でも、たぶん訊きたくてうずうずしていると思うわ」

「結婚式が終わったら、それまで訊いてこなかったら、改めて教えてあげればいいんじゃないかって思います」

まひろちゃんが言う。

「たぶんですけど、肩の荷が下《お》りたとか思うんですよね。親は」

「そうね」

そういうものね。

「だから、その話をしても大丈夫じゃないかなって思うんですけど」

柊也も、大きく頷いていた。

九　これからも過ごしていく家で

水島《みずしま》さんが、家にやってくることが増えた。

以前から、二、三ヶ月に一度ぐらいは仕事の用がなくても何かにかこつけてやってきて、お茶を飲んだりおやつを食べたりしていたけれども。

二人とも、もっと若い頃には外で会うことも多くあったわね。

打ち合わせとは名ばかりで二人で美味《おい》しいものを食べに行くだけだったり、ときには遠くの観光地に取材と称して出かけたり。一応、本当に、それなりにきちんと取材はしたけれども。

そうやって、この三十年もの間ずっと〈三原伽羅《みはらきゃら》〉の担当編集者でいてくれて、同時に、親しき友人と言ってもいい付き合い方をしてきた。

もちろん人それぞれだろうし、扱《あつか》っているもので違いが随分《ずいぶん》出るだろうけれども、編集者の基本は、その創作者の作品を大好きということだと思う。好きでもない創作物の担当編集なんて、やらない方がいい。

やってはいけない。

そしてやらせてはいけない。

編集者は、創作というものを、その実作者よりも愛していなければできないものだと思う。どこかの誰かの台詞《せりふ》じゃないけれども、LOVEがなければ駄目。

創作者が作り出したものにありったけのLOVEを振り掛けられる人じゃないと、編集者になっては駄目。

水島さんは、私以上に〈三原伽羅〉の作品を愛してくれている。それがわかるから、私も彼女との仕事にはより気持ちが入ってくる。もちろん担当編集によって作品への力の入れ具合を変えるなんてことはしないけれども、気持ちの問題。

より良いものへと、作品を押し上げる力。

それは間違いなく担当編集者の、気持ち。

私のガンの再発がわかってからは、一ヶ月に一回以上、三週間に一回は我が家にやってくるようになっている水島さん。

今日は、美味しそうな稲荷《いなり》寿司と大福を携《たずさ》えてお昼前に我が家にやってきた。

お昼ご飯を買いに出てそのまま伺いますから、一緒に食べましょうと。そうしておやつまで持ってきたってことは、会社に戻るのは夕方になるってことね。

小さな、美味しそうなお稲荷さん。

小さいから何個でも食べられそうね。

「そんな簡単にコロッとは逝《い》かないのに」

「いえいえ、それがなくても、私自身もですけれど、いつどうなるかわからない年齢になっていますから」

「まぁそうね」

「会えるときには、会っていたいんですよ。お邪魔じゃなければ」

もちろん邪魔ではないけれど、彼女ももう五十半ばを過ぎてそろそろ定年の声も聞こえてきて、そして彼女は独り身。

「あわよくば、私の命が尽きて倒れるまさにその瞬間にいられたら、なんて考えているんでしょう」

「えっ、どうしてですか」

まひろちゃんが少し驚いてそう言ったけれど、水島さんはわざと大げさに首を横に振って、でも笑った。

「そんなこと一度も考えていません、というのは確かに嘘になりますね。一度は想像しましたから」

「そうなんですか?」

「別段おかしなことじゃないわよ」

創作者が自宅で逝ってしまうとして、その瞬間、死の間際《まぎわ》に何を言い遺《のこ》すのか、あるいは書き遺したのか、遺さなかったのか。

古今東西《ここんとうざい》、著名人が死の間際に遺した言葉は、長く伝わっていくわよね。

「編集者自身がその瞬間の目撃者になれるというのは、いろんな意味で大きなことじゃないの」

えー、ってまひろちゃんが考える。

「大切な人の死に目には会いたい、と同じものでしょうかね」

「山田風太郎《やまだふうたろう》先生の『人間臨終図巻』じゃないけれどね。まひろちゃん知ってる？ その本」

「タイトルはどこかで見た記憶があります。でも読んだことないです」

あの本に名著という言い方はどうかと思うけれど、本好きであれば、一度は読んでおいた方がいい本よね。

「死というものは、ある意味で想像を掻《か》き立てるものですからね。ある小説家の方なんて、その人だけじゃなくてたぶんほとんどの作家さんがそうでしょうけれど、想像の中で自分の妻を何十回殺したかわからないって言ってますよ」

「何で殺すんですか」

それも、よくわかるわね。

私も、若い頃から自分が死ぬところを何度となく想像したわ。死ぬつもりはまったくなかったけれども。

「その瞬間に、自分がどんな心持ちになるのかって想像するのよね小説家は。どんな気持ちで、そしてどんな対応をするのか。殺し方というより、殺され方の方も含めてでしょうね。たくさんパターンを考えてるはずよ」

「パターンも」

「そう、妻が死んだというのを警察からの電話で知ったときとか、あるいは病院のベッドの上でとか、いろいろ考えて、そのときの感情というものを自分の中に湧《わ》き上げていく。そういうものを、ドラマの中で組み上げているんですって」

「それが、作品に生きるんですか」

「生きるでしょうね。現実に体験できればいちばん生々しくていいだろうけれども、さすがに人は殺せないから」

推理作家なんて、いったい何十人もの人間を殺しているものだか。

水島さんが、大きく頷《うなず》く。

「想像力は、創造力の源って言ってる人がいます。それぞれに違う漢字の〈そうぞう〉ね」

「イマジネーションとクリエーションですか」

「そうそう。イマジネーションの豊富さとクリエーションの強度は比例するみたい。もちろん、扱う創作物の違いで多少は変わってくるでしょうけれど」

そういうものですかー、ってまひろちゃんが唇を歪《ゆが》める。

この子にも確かに創造する力があるけれども、それがどの方向に行くのかはまだはっきりとは見えていない。

いい意味で素直でしなやかな感性を持ち合わせているから、何かのきっかけで爆発するような、伸《の》び代《しろ》を感じさせる。生きているうちにそれが花咲くのを見てみたいと思っているのだけれど。

「ある小説家さんは、いつどんな事態になっても、驚きこそすれその後は慌《あわ》てない自信があるって言ってるわ。どんな天変地異だろうと、SF的な出来事だろうと、ほとんどのことを一度は想像してシミュレーションしてるからって」

「それも凄《すご》いですね。たとえば、宇宙人が攻めてきたとかですか」

「もっと、細《こま》かい設定までね。そういうことばっかりしているとそれだけで頭が疲れてしまって、肝心《かんじん》の原稿の方がまったく進まないそうだけど」

「まさしく本末転倒ですね」

まぁいざそうなってしまうとどうなるかはわからないでしょうけれど、想像力のある人の方が、まるでない人よりもいろんなことに対処できる術《すべ》を身につけやすいかもしれないわね。

案外、想像力の豊富な人の方が、人生におけるトラブルには強いのかもしれないわ。

小さなお稲荷さんをパクッと口にして、まひろちゃんが言う。

「小説は、物語ですよね。人間関係のドラマ」

「そうね」

「詩も、ドラマですか。訊《き》こうと思っていたんですけど、からさんはその両方を書いているから」

詩と、小説ね。

同じ創作した文章だから、すっきりと、はっきりと、ここという境界線を引けるものではないだろうし。

「その人の、実作家の考え方や感性にも由《よ》るところだろうけれども」

小説は、最初から物語として、まずドラマありきで作られるもの。

「詩は、できあがってからドラマが生まれるもの」

「できあがってから、ですか」

「あくまでも私の場合だけれども、最初から物語を編《あ》もうとする気持ちでは書かないことが多いわね。何よりも」

小説は、読者が物語を追うもの。

「詩は、読者の中に物語が生まれるもの」

「読者の中に」

「作った人間の意識の中に何のドラマもなくても、詩はできあがるのよ。ここにある湯飲みの中のお茶が一滴零《こぼ》れた、だけでも詩は生まれる。そこに人間関係のドラマは何もないわ。でも、それを読んだ人の中に、何かを感じた人の胸の内に必ずドラマが生まれるものだと、私は思っている」

詩とは、そういうもの。

「短さ、ですよね」

水島さんが言う。

そうね、短さもそれを補完するもの。

「ジャンルはまったく違いますけど、俳句や短歌も、読んだ人の中に勝手にドラマが生まれてきますから。小説を読んで勝手に自分の中に別のドラマが生まれることはほぼないですから」

そういうものね。

私は詩も小説も書くし、絵も描くけれども。

「小説だけは、はっきりとまず物語を組み上げてから書いていく。何も起こらないところから感性だけで書けるものではない。詩や絵には、物語を意識はしない。感じるままに書いていくうちに、あるいは描いていくうちに、何かが生まれてくる場合は確かにあるけれどもね」

「そういうものを、まさにその生まれる瞬間に立ち会いたくて、ここに来ているのもあるんですけどね。からさんの身体《からだ》が心配なのはもちろんですけれど」

編集者の業《ごう》かもしれないわけね。

「そうよ、話が飛んじゃったけれど、私の身体よりもあなたの方もそろそろ心配になる年齢よね。一人暮らしなんだから、自宅にいるときに倒れちゃったら誰も気づいてくれないわよ」

「そうなんですよねー」

悲しいかなもうアラかんって苦笑する。

アラかんって、還暦《かんれき》前後のことね。

「だからってわけでもないんですけれど、ここのところ家飲みはまったくしていませんよ」

「あらそう」

水島さん、酒豪としても各出版社の編集者の間では存分に知られているのにね。若い頃は二日酔いをものともしなかったけれども。

「酔ってお風呂に入ってそのまま丸一日誰にも気づかれなかった、なんてことになったら、本当に洒落《しゃれ》にならないですから」

「怖いですそれ」

まひろちゃんが、顔を顰《しか》めて唇も歪める。

「ホラーで人生終わっちゃあ悲しいわね」

まひろちゃん、ホラーや血飛沫《ちしぶき》飛ぶようなスプラッター映画が苦手よね。私はけっこう好きなんだけれど。

「水島さんは、東京の人ですよね」

「そうよ。東京生まれ東京育ち」

「ちゃきちゃきの江戸っ子よね」

「それで名前がレイラですからね。何を考えて親は名付けたんだって話ですよ」

「そういえば、それも今まで訊こうと思って訊いていませんでした。名前の由来というか」

レイラという外国人のような名前ね。

水島さんが苦笑いする。

「本当にねまひろちゃん」

「はい」

「驚くぐらいに何の由来もないのよ。ただ音の響きだけで父親が名付けたの。一応は、レイはそれこそ令和の令よ。意味としてはめでたいってことらしいけど。ラは羅漢《らかん》の羅で、連《つら》なるって意味があるらしいわ」

「すごいちゃんとした意味じゃないですか」

「それも後付けよ。とにかく父がポン！　って思いついたレイラっていう響《ひび》きに漢字を当てはめて意味付けしたけれど、漢字で書いて〈令羅〉じゃあもう人の名前じゃないでしょう。サイバーSFのロボットの初号機の名前みたいじゃないの」

もう何度も聞いているけれど、笑ってしまう。

「結局カタカナでレイラになったんだけどね」

「一人暮らしってことは、ご実家には」

うん、って水島さんが頷く。

「その父も母ももういないわ。南千住にあった実家も、そういえばちょうどまひろちゃんが来るちょっと前だったわね。売り払っちゃって、私はその前に買ったマンション暮らしをそのまま。一人っ子だったのでね。うちの水島家は私の代で終わっちゃうかな」

「今から水島家を継ぐ子供を産むのはちょっときついとしても、一緒に最後までいてくれるパートナーを求めることはできるけれどね」

「できますし、特に諦《あきら》めているわけじゃないんですけどね。でも、もう一人でいることがあたりまえになっているので、それを今更《いまさら》変えようとは思えないんですよ」

その気持ちは、少しはわかるわ。

ずっと一人でいることがまるで苦にならない人は、確かにいる。私もどちらかといえばそのタイプだと思う。

「性格にもよるだろうし、人間どんな環境でも慣れてしまえばなんとかなるという人もいるし、私の場合みたいに、年取ってから若い人と暮らしてみたら意外と楽しくやれるっていうのもあるだろうし」

「そこは、からさんだからですよ。〈三原伽羅〉の作品がなければ、タロウくんと柊也《しゅうや》くんがここに来ることはなかったたし、息子さんが結婚しなければまひろちゃんも来ることがなかった。からさんの創作人生が巡《めぐ》り合わせてくれた、素晴らしい出会いだったんですよ」

まさしく、そうね。

出会いは、本当にいつどうなるかわからない。

「生きていれば、新しい出会いがあるかもしれないですよね」

「そうなんだけど、出会いがあっても一緒に暮らせるかどうかは、やってみなきゃわからないっていうのは意外と厄介《やっかい》なのよね。愛し合って結婚したけれども、実は一人でいる時間がなきゃどうしても駄目だったたっていう子もいるのよ友人に」

「そういうものですか」

まひろちゃんは、その時が迫《せま》っているものね。結婚して二人で暮らし始める時期が。まぁそもそも出会ってからずっと半分は二人で暮らしているようなものだから、心配はないだろうけど。

「その人はどうしたんですか。結婚したのに」

「まだ子供がいなかったしお互いに仕事をしていたので、単純にそれぞれの部屋を設《もう》けられるところに引っ越したわね。でも」

「でも？」

「子供が出来ちゃったら、もう何もかもぶっ飛んでしまったわね。すべてを子供のために！　よ。子育てしながらも一人の時間を楽しみたいなんて、それはもうファンタジーの中の話ね」

「そうね」

子育ては、そういうもの。

家族を作るとは、そういうこと。残念ながらそんな覚悟が必要になるなんてわからないままに人は結婚して子供を産んでしまうのがほとんどなのだけれど。

「自分の人生が、イコール子供を育てることになるのよ。そうしなければならない。少なくとも成人して独り立ちするまでは」

私でさえ、そうだった。

「我ながら若い頃からずっと身勝手な人生を送っていたけれど、達明《たつあき》が生まれてからは、自分でも驚くほどに母親として過ごしてきたわ。あの子だけのために、二十何年間も」

「まだ、からさんの時代は、シングルマザーなんて言葉もなかった時代ですからね。いろいろと外野がうるさいこともあったでしょうし」

そうだったわね。

「その頃は、寡婦《かふ》、なんて言葉もあったわね。まひろちゃん知ってる？」

「何かで読んだ気はします。やもめってことですよね」

「そうそう、やもめなんてのも久しぶりに聞いたわね」

「ほとんど死語ですね」

言葉は、時代で移り変わる。

「まぁ私は婚姻をしていなかったから、正確には寡婦ですらなかったのだけれど」

覚悟なんて大層なものはしていなかったと思うけれど、一人で子供を育てるのだ、という思いだけはしっかりとあった。

「まひろちゃんのところもそうだし、柊也のお母さんもね」

あぁ、と水島さんも頷く。

柊也の父親捜しの顛末《てんまつ》は、さっきまひろちゃんが水島さんにも教えてあげたばかり。

「それこそ小説や、物語には数多《あまた》あるようなエピソードですけれど、現実にそういう人生を選んだ人はいるんですよね」

男と女の、それぞれの勝手な理屈と理由で生まれる人生の一コマ。

一コマどころじゃないわね。柊也のお母さんにしてみれば、それからの人生のほとんどをそれで決めてしまった選択。

「様々な理由でシングルマザーという生き方を選んだ人はたくさん知ってはいますし、仲の良い友人にもいますけれど、そこまでの覚悟を持って生きてこられた方は、初めて知りました」

「良い悪いじゃないからね」

誰かを責めるようなものじゃない。

まひろちゃんや柊也がそれぞれの生みの親を恨んだり怒ったりしても、それも責められるものじゃないけれども、そういうものじゃない。

親の選択の結果として子供はそこにいる。自分の境遇を誰かのせいにして恨んだり怒ったりしても、進むべきものが何も生まれてこない。

それを教えてあげられるのは、教えてあげるべきなのは、親ではなく周《まわ》りにいる大人。大人が大人として在るべき姿は、若い人にその背中を見せてあげるために、胸を張って歩くこと。

私もそうだった。

周りにいた大人の背中に教えられて、ここまで来ている。最後のところまで。

「タロウくんの店も楽しみですよね」

本当に、楽しみ。

まひろちゃんの花嫁姿も。

「タロウくんのサイトを、水島さんのところでやってくれるのよね」

「私のところじゃないけれど、進んでいます。タロウくんだけのじゃなく我が社としてのアート・プロジェクトみたいな感じですけれど」

「凄いカメラを使って撮影してるって言ってました」

「やっぱりタロウくんの作品は、紙媒体じゃ伝わらないんですよね。実物を見てもらうのがいちばんなんですけど、次善の作としてはバーチャルかなってなりますね。そういうデジタルな世界がふさわしいアーティストはたくさんいますから」

そうなるわね。

「タロウくんも、ディスプレイの中を意識することによって、また違う造り方ができるって張り切ってましたよ」

「現物がなくてもいいのか、って言ってました。これからデジタルでの作品制作もするために、コンピュータでの作品制作のやり方をいちから勉強し直すって」

「デジタルの時代よね」

詩の世界だって、紙媒体に留《とど》まる必要はまったくない。

デジタル、コンピュータを使って新しい世界を構築して美しいものを作っている詩人だって、アーティストと呼んだ方がいい人だっている。

それは、歓迎すべきもの。

「まだまだ死ねないけれども、結果として水島さんに自伝を出してもらって、良かったのかなって」

水島さんが、顔を顰めた。

「え、何を言い出すんですか」

「何って」

「どういう意味ですか。まさか、あの自伝を最後にしてすべてから引退するだなんて言わないでくださいよ」

言わないわよ。

「そんな意味じゃないのよ」

何を泣きそうな顔になってるのよ。違うわよ。

「自伝の話を水島さんから貰《もら》って、そうしたらすぐにここにまひろちゃんが来たじゃない」

こくん、とまひろちゃんも頷く。

「初めての、孫と言ってもいい、そして才能豊かな若い人と一緒に自伝を作ることができて、しかもそれが世間様に喜ばれて」

ドラマにまでなって、何十年ぶりかで女優としての時間も過ごせて、何て幸せな創作人生の結末が待っていたんだろうって思えてしまったのは確かだけれど。

「これで、いいのかなと思ったのも事実だけれど、まだ書きたいと思ってるのよ」

指も動く。

頭も回る。

「ボケてもいないしね」

いろいろと忘れちゃったりはしているらしいけれど。

「まひろちゃんに、無理に笑顔を作らせて言わせちゃうのよ。『からさん、それは昨日言いましたよね』って」

笑う。

ちょっと心配させている。

「でも、それは誰でもそうですよ。私だって若い頃に比べたら記憶力の低下がひどいです。本当に、心配になるぐらい」

「そうよねぇ」

それはもう、本当。

「まひろちゃんとテレビで観たドラマの話をしていても、あれ、ほら、あれのあれ、なんて言っちゃうのよ」

「それは私もです」

でも、書ける。

書きたい。

「水島さん、私ね、もう一冊ぐらいあなたのところから、詩集を出せるかしらね」

眼を大きくさせて、笑顔になって、水島さんが大きく頷く。

「もちろんですよ。私が編集者人生を賭けてでも、出させます。何か、書きたいテーマが浮かんできたんですか」

浮かんでくる、っていい表現だって昔から思っていた。

自分の中に存在しているであろう泉の中から、まるで泡のように浮かんできて、そうして弾《はじ》けて拡がっていくもの。

創作の泡。

「詩集と言うか、どう言えばいいのかしらね。まひろちゃんと自伝を書いていたときにも感じたのだけれど、自分の人生を振り返って言うのもなんだけど、その人の人生って、ドラマじゃない」

「ドラマですね。からさんの人生は特に」

「私は単にいろいろ若い頃にバカをやってしまったっていうだけよ。そんなバカをしなくたって、その人の人生は誰かと比べるものでもない、唯一無二《ゆいいつむに》のもの。そうでしょう?」

「間違いなく」

水島さんも、まひろちゃんも、それぞれの人生のすべてがドラマ。

「静かな、何も大きな出来事が起こらなかったと思っていたとしても、たとえば恋人と別れたとか、ペットが亡くなったとかでも、充分《じゅうぶん》にドラマなのよ」

「それは結構大きなドラマですよ」

そうだったわね。

喩《たと》えが悪かったわ。

「歯を磨《みが》いているのも、ねぇまひろちゃんの歯磨きしている姿って可愛《かわい》いのよ。今度泊まっていって見なさいよ」

「え、可愛いんですか」

「何が可愛いんですか普通に磨いているだけですけど」

「まひろちゃん、歯ブラシを持つ右手だけじゃなくて左手も口に添えるのよ。その手の動かし方が、なんというか、アライグマが手を洗っているみたいで可愛いの」

それはともかくとして。

「歯磨きしている、ご飯を食べている、出勤に歩く、電車に乗る。その人たちの日常の何気ない一コマ一コマ、毎日の一秒の、一分の、あるいは十分間の、ひょっとしたら一時間の、それぞれのドラマを繋《つな》いでいきたいの」

「それぞれの」

「繋いでいくというのは、どういうふうにですか」

まだ、はっきりと形になっているわけじゃないのだけれど。

「私の、大切になった人たちと、その他のたくさんの人たちのね一日のね」

始まりは、知っている人たちでいい。

まひろちゃんがいい。

「たとえば、明日の午前九時三十一分。時間は何時でもいいけれど、始まりだから朝の方がいいわね」

まひろちゃんがコーヒーを淹《い》れて、
それを一口飲んで美味しいと思ったとき、
タロウは自分のギャラリー兼自宅で目覚めて、
その瞬間に何か新しい作品の種がひらめいたかもしれない、
柊也は会社で隣に座る先輩が落としたペンを拾ってあげて、
それは先輩がとても大切にしている思い出の品物だと知ったかもしれない、

私は絵のモチーフを決めて最初のペンを入れたのだけれどその瞬間に、何故《なぜ》かスマイルが飛びついてきて絵が汚れたけどそれを生かしたかもしれない、
水島さんは出社して後輩が持ってきたゲラを手にして、読み始めてすぐにとんでもない間違いに気づいて青くなったかもしれない、
祐子《ゆうこ》ちゃんは起きていつものように下着を脱いで素っ裸になって、着替えていたところで尻餅をついてしまったかもしれない、
達明は札幌の事務所で部下に向かって軽く説教していたときに電話が鳴って、ひろみさんからだったので顔が緩《ゆる》んでしまったかもしれない、
「そういう具合に、たくさんの人たちの同じその瞬間を、同じその時間を詩にして繋いでいきたいの」
そうして、ひとつの物語を、紡《つむ》いでいく。
「その物語には、ストーリーはない。けれども、ひとつひとつの瞬間のすべてに物語がある」
「おもしろいです！」

水島さんが、満面の笑《え》みで手を打つ。

「からさん、ひょっとしてそれはデジタルで」

「そうなのよ」

もちろん、紙でも書ける。

むしろ、紙の世界でも生きると思うけれど。

「ひょっとして、世界中の人たちを繋いでいけるってことですね?」

いけるでしょうね。

「これだけネットで簡単に世界中の人たちの、その瞬間に何を考え何が起こったかを同時に知ることができるのだから」

あらゆる世界の、あらゆる人たちのその瞬間を繋いでいける。

詩に書ける。

「決して、絵空事ではなく、実際に起こった瞬間を繋いで行く。そういう詩とも、小説ともつかないかもしれないものを、紡いでいきたいなって」

デジタルでのやり方は、これからどうするか考えなきゃならないけれども。

「考えます!」

水島さん、拳《こぶし》を握ったわね。そんなに力を込めなくてもいいのだけれど。

「もちろんうちにはその手の部署がありますから。どうやれば今のからさんのイメージを具体化できるのか」

「あれよ、商品として成り立つ形でよ。最後の作品になるかもしれないからって採算度外視は駄目よ」

あたりまえです、って頷く。

「売りましょう。売らせます。すぐにでもタイトルだけでもいくつか出してください。仮題として、企画書を作ります」

「そうね」

タイトルというか、もう頭には浮かんでいる。

「〈あなたのいえ〉。って感じなのかな」

もう少し考えるけれども。

イメージは、そこ。

私たちの、家。あなたの、家。そこが生きるところ。

十　新しい家で

祐子《ゆうこ》ちゃんが、店を閉《し》める日。

タロウのところがオープンするのはもう少し先だけど、その前に何もかもをきちんと片づけることができるようになったので、今日が最後。

もっと若い頃にはたまに顔を出していたのだけれど、近頃はほとんど行っていなかった。最後の日ぐらい顔を出しましょうかと思っていたけれども、常連とかでめちゃくちゃになるからいいって祐子ちゃんが。疲れさせても困るからって。

まぁその通り。

外出しているときには、人前だからと気を張っているから全然何事《なにごと》もなく大丈夫なのだけれど、帰ってきたときに思いの外疲れていることが、はっきりとわかるようになってきている。身体《からだ》にも、出てしまっている。何時間かそのまま寝込んでしまったり、動けなくなってしまったり。家でなんだかんだと仕事している分には、そんなふうにはならないのだけれどね。

何も病気がないときと比べて身体の何もかもが半分のパワーしかなくなっている、と、思った方がいいと言われた。そこから前の状態に戻ることはもうない。そもそもが老人なのだから、体力は落ちる一方。

悲しいけれども、家で普通にしている分には何事もなく過ごしていけるのだから、そうしていればいい。

代わりに、柊也《しゅうや》が会社帰りにそのまま顔を出して、店で待ち合わせたまひろちゃんと少し飲んでから、帰ってきた。

タロウもいたのだけれど、そのまましばらく店にいるからって。

「いつも通りでしたよ」

「ライブをずーっとやってて、話も聞こえなくて」

「そうでしょう」

常連にはミュージシャンが大勢いる。その気になれば一晩中ずうっとジャムセッションをやっているでしょうね。

ましてや、これが最後の夜なのだから。

「ヤヨイちゃんと初めて会ってお話ししてきました」

「あぁ、そうだったの」

まひろちゃんもお酒は飲まない方だし、そんなにもお店に顔を出していなかったから、たまたま会う機会がなかったのね。

祐子ちゃんがお店でアルバイトで使っていた女の子たちは、一人を除いて他のところにもう移っていった。

一人だけ残ったそのヤヨイちゃんという女の子は、まだ三十前のはずだけど、もっと若い頃にはロックをやっていたっていう女の子。バンドを組んで、エレキベースをやっていたんだって。

ヤヨイという名前は源氏名ではなく、本名だったはず。確か、西の藤と書く西藤《さいとう》ヤヨイちゃん。ちょっと驚いたけれど、本当にカタカナでヤヨイというんだって。私より年上の方々の時代には、そういうカタカナの名前を持つ方もたくさんいたのだけれど、今は珍しいわよね。

その子は、タロウのところで働くことになった。

訊《き》いたら、大学は中退しているのだけれど教育大学で美術系のコースを取っていたって。中学でも高校でも美術部で絵を描くことは趣味でもあって、ネットで描いた作品をたくさん並べているような子だったのね。

人柄や、いろいろな事務能力は祐子ちゃんが太鼓判《たいこばん》を捺《お》していた。今までもお店に出るミュージシャンたちのアテンド的な、マネジメントのようなことも祐子ちゃんを補佐してやってきていた。

それなら、と、ホール・バーもそうだけどギャラリーの方のマネジメント的な仕事もやってくれないかとタロウが頼んだの。

軌道《きどう》に乗るまではたくさんの賃金は払えないかもしれないけれども、その代わりに部屋を用意するから寮代わりに店に住んでもいい。食事も、店で用意する食材を自由に使って食べていい。

ヤヨイちゃんは二つ返事で、やってくれることになった。本人もすごく喜んでいるそう。

元々、自分で祐子ちゃんみたいにお店をやりたかったそうだ。タロウのところの話を聞いて、そんなところで働けるのならそんな嬉《うれ》しいことはないって。私はお店に行ったときに会ったことはあるけれども、とても明るくて良《い》い子だった。

「祐子ちゃんだってこの先何十年も仕事ができるとは限らないからね。良かったわよ」

「そうですよね」

タロウのお兄さんも、そしてお義姉《ねえ》さんも、お店の手伝いができることを喜んでいるそう。そのうちに、タロウが個展でどこかへ長期でいなくなるときなんかは、お兄さんが中心になってお義姉さん、そしてヤヨイちゃんがそこを回していくようになるのかもしれない。

「タロウとヤヨイって、なんかいいですよね」

「演歌のデュオみたいね」

まさかこれで二人がくっつくなんてドラマっぽいことはないだろうけど、でも二人は気が合いそうだって祐子ちゃんも言ってたし。ちょっと期待しちゃうわね。

祐子ちゃんも、この家を出ていった。駿一《しゅんいち》のマンションで暮らし始めたのだ。

まだ多少荷物は残っているのだけど、そのうちに掃除をしに来て、それで部屋は空《あ》く。

予定通り、婚姻届も出した。なので、永沢《ながさわ》祐子から、三原《みはら》祐子になって、文字通り私の親戚になってしまった。

甥《おい》っ子《こ》の嫁。

全然新鮮味がないのがものすごく悔《くや》しいのであれだけど、なんとなく嬉しいわよね。小さい頃から知っている子が、同じ姓を持つ人になったっていうのは。

「もしもお互いの親が生きていたら、きっと大喜びしているわ」

「二人は、結局結婚式もしないし、写真すら撮らないんですよね」

柊也が言う。

「そうね」

お互いに情はある。あり過ぎるぐらいにある。同じ時代に同じ場所で生きてきて、同じ思い出もたくさんある。

でも、性愛を伴《ともな》うような男女の愛は、ない。

「ひょっとしたら、暮らし始めてから生まれる場合もあるでしょうけどね」

「そうですよね」

間違いなく、情はあるんだから。そこから生まれる愛だってあるかもしれない。男と女の間の感情は、どうなるかまったくわからない。

「そう、タロウ、店の名前は決めたって」

「そうなの？　やっぱり〈タロウズ〉はやめるのね」

皆で笑った。

ギャラリーと工房と、そしてホールとバーと四つの要素があるのだから、それに相応《ふさわ》しい名前を付けないとややこしくなる。

今までは仮称として〈タロウズ〉ってことで進めていたのだけれど。〈タロウズ〉もおもしろくて好きだったけれどね。

「いろいろカッコ良いのとかを考えたんですけど、結局シンプルでわかりやすいのがいいって」

「そうよね」

当初はほとんど一人で作業するつもりだったけれども、一人で使う工房としては実際広過ぎるぐらいに広い。それに、ギャラリーとしても使うのだからと、親交ができた若いアーティストたちに声を掛けた。

集団、ユニットとした方が通りはいいかしらね。そういう活動の拠点にできるから一緒にどうかな、と。それで、仲間が増えて一気に作業が進んでいっている。

タロウをメインにして、新たなクリエイティブを生み出そうとするアーティスト・ユニット。絵を描く人、木工をする人、金工をする人。音楽をする人に、ダンスをする人たちとも組んだ。

ここに挨拶《あいさつ》に来てくれた子もいるけれど、才能に溢《あふ》れた若者たち。そういう人間の持つエネルギーを感じると、嬉しくなるのよね。

年寄りは若い子と一緒に過ごすといいのは、本当よ。彼らが皆同じように持つ生きる力がこちらがわにも伝わってくる。生気《せいき》を吸い取っているみたいに、年寄りも身体も心も元気になっていく。

孫と一緒に暮らしているお年寄りに元気な人が多いのも、そういう効果だと思うわ。

彼らが、拠点とする工房とギャラリー。そして、ジャズホール・バー。もちろん、音楽はジャズに限らず、何でもオッケー。

「最後まで迷ったのが〈がろう〉って名前だって」

「画廊？」

「英語にして〈G LOW〉Gは重力でしょう。重力が低くてそこから解放された空間って意味合いで」

「なるほど」

G LOWね。上手《うま》いこと考えたわね。

「でも〈がろう〉じゃなくて〈ぐろう〉とか〈じろう〉って読まれてしまうからダメだなって」

タロウがジロウになっちゃあ確かに困るわね。

「〈ホール〉にするって」

「ホール？」

「そのままの意味で〈ホール〉。会場とか広間とか、皆が集まるところ。そこにいろいろくっつけようとしたんだけど」

「たとえば、音楽とか、美術とか、芸術とかを英単語にして略してみたりとかでしょうね」

誰もが考えそうなこと。

実際、そうやって名付けた音楽関係とか、美術関係のところはたくさんあるでしょう。わかりやすいから。

「でもピンと来なかったのね」

「そう、なのでもう素直に〈ホール〉だけ」

「いいじゃないの」

美しい名前よ。

〈ホール〉

タロウの、新しい家。

元は鉄工所だったところ。タロウが働いていた町工場からもほど近いところにあった、経営者と従業員合わせて五人ほどでやっていた小さな鉄工所。

廃業の理由は、仕事の発注自体が少なくなってしまったのもあるけれど、後継者がいなかったことが大きかったようね。

倒産して解散というような悲惨な終わり方をするよりは、そういうふうになる前に何もかも整理してきちんと畳《たた》んだ方がいいと、経営者の方は決めた。

ただ、鉄などを造った作品を作るアーティストになったタロウのことを知っていたので、廃業するその前に話を持ちかけてきた。

鉄工所としての機能も何もかも残していくから、自分のアトリエ、工房として使わないかと。

お互いに、良い話になったのよね。上物の建物自体はもう六十年も七十年も経《た》ったものでほとんど価値がなく、工業機械なども専門性が高いものである上に古いものばかりだったので、売ったとしても大した値は付かない。それならば、丸ごと譲って活用してもらった方がいいと。

それでも鉄工所としての機能を残していくことや諸々のことを考えれば結構な金額がタロウ側には必要になったのだけれど、タロウの作品は大きなものはそれこそ結構な金額が設定されていて、それが海外からも評価されて売れている。

まだ一般にはそれほど知られていないし、本人もそんな気にはまるでなっていないけれども、タロウは今や海外から個展の誘いがあるほどの新進気鋭のワールドワイドなアーティスト。

それでいて、タロウには一切《いっさい》欲というものがない。

相変わらず出会った頃のままのラフな格好《かっこう》と、生活水準。作品が売れたお金は、私のところへの家賃と食費と、お兄さんたちに渡す以外はほとんど使わずにそのまま残していたから、互いに納得する形で取り引きができたそう。もちろん、司法書士や税理士などをきちんと通して。

今も鉄工所であることは変わりないのだけれど、入口すぐのところに事務所があって、その二階には居住スペースもあった。そして奥が作業場になっていて裏には大きなシャッターがあってそこから材料や製品や機械を運び出したりしていた。

考えると、ホール・バーには最適な構造だったと。

入口はそのまま店の受付とロビーにできて、裏の大きなシャッターは搬入口にできる。作業場には二階部分に回廊があって休憩室や事務の部屋もあったから、そこも客席やギャラリーやその他の用途に使える。トイレもあるし、なんだったらシャワーもお風呂もあるから演者たちも快適にステージができる。

もちろん、鉄工所なのだから大きな音を出しても何の問題もない。

鉄工所の騒音よりも音楽なのだからはるかにいい。

夜になってからのステージも、近隣の工場などにも確認を取れた。そもそも夜になっても作業することがあるのだから、むしろこちら側が外からの遮音の設備も多少追加しなきゃならないぐらいだったけれど、それも何とかなりそうだった。

本当に、何もかもこのためにあったのではないかというぐらい、最高の場所。

タロウの、新しい家。

＊

タロウが、トータルなイメージの、主に色合いの調整を私にしてほしいというので、内部の材料がほぼ出揃《でそろ》ってきたところでまひろちゃんと一緒に顔を出した。

前に来たときには本当に以前の鉄工所のままの姿だったので、それはもうただひたすら武骨で古ぼけた工場でしかなかったのだけれど。

「いい感じですねー」

「うん」

ものすごく、施設としての形を成《な》してきていた。

正面は木のパネルと鉄板を組み合わせて入口を覆《おお》って、どこか海外の、それこそニューヨークの倉庫街にでもできたような洒落《しゃれ》たバーを思わせる雰囲気《ふんいき》。

ただ、これもまだ無垢《むく》な木と鉄板のまま。まだ色も何もつけていない状態なので、それを私に決めてほしいと。

なかなかに、腕が鳴る。

タロウが、いつもの格好で出迎えてくれた。

「どうです?」

「いいわね」

寂《さび》れた鉄工所という古さを隠さない。

「このまんまでもいい！　って感じなんすけど、でもやっぱりそこにアートであり、ミュージックであり、バーであり、って色が欲しいんですよね」

「そうよね」

「そこんところ、なかなかムズカシイっすよね」

いちばん難しいところだと思う。色は、直接視覚に訴えてくるもっとも強い〈効果〉になる。

赤い看板と青い看板ではまるでイメージが変わってくるのはあたりまえ。だからこそ、トータルなカラーリングが大事になる。

ましてや、ここはギャラリーにもなる。様々な色の洪水に溢れるアートの世界ではそれを受け止めるために基本の背景は〈白〉。

それ一択。

でも、ここはバーにもなるし、ライブハウスにもなる。そこのところをどうやって成り立たせるか。

「背景のシンプルな強さと深さを際立《きわだ》たせるのではなく、自然にアートと音楽と〈賑《にぎ》やかな場〉が融合し合い、共鳴するような色付けをするのね」

「そういうことです！」

タロウが満面の笑《え》みで言う。

簡単なようで、難しい。でも、難しいようで、簡単。

中に入ると、コンクリートの床は徹底的な掃除をしてきれいになっているけれども、あくまでも実用としてのコンクリの床、つまり鉄工所の床のまま。

これは、本当にこのままでいい。

「下手《へた》に床材なんかで覆ってしまうと、嘘臭い足音がしてしまうわ」

「嘘臭い、ですか？」

まひろちゃんが首を傾《かし》げる。

「大抵の店は、足音で損をするのよね」

人間と同じで、店にも佇《たたず》まいというものができあがる。店だけじゃなく、すべての人間が生活する場所にはね。

その佇まいというものには、床が大きな存在感を与える。

「感じたことない？　どこかのお店に入って歩いた瞬間に自分の足音が響いてきて、それがお店の雰囲気にそぐわないって思ったこと」

あー、って声を出して、まひろちゃんが少し考えた。

「あるかもしれないです」

「醒《さ》めちゃうのよね。そういうの。ましてやここはギャラリーにもなるわけだから、鑑賞の邪魔になる足音はしない方がいいの」

このコンクリのままなら、ほとんど足音はしない。

だから、このままで色も塗らない。

「ですよね。このままですよね」

タロウも大きく頷《うなず》いている。

基本的に、タロウと私の感覚って合うのよね。まぁだからこそタロウはうちに来たんだし、私も迎え入れてずっと過ごしてきたのだけれど。

天井は、大きなクレーンを下《さ》げる鉄骨も剝《む》き出しのままでまさしく鉄工所そのもの。そのイメージを少し和らげるように、ステンレスのフレームのギャラリー照明用のライティングバーが組まれてあちこちに置いてある。

「これは、キャスターで移動できるようにしてあるのね」

「そうっす」

いいアイデア。

天井から吊《つ》り下がる電源ケーブルを長くしておけば、どこにでも移動できる。天井が高くて広い元は鉄工所ならではね。

しかもこれは全部手作りね。

「接《つ》げるようにしたんで、高さも出せるからどんな場所にもライティングできるし」

「あ、テーブルを置いたライブなんかのときには、これはテーブルを照らす明かりにも使えるってことだ」

まひろちゃんが手を合わせながら言った。

「その通り！」

「なるほど」

考えられているわ。こんなの製品で買ってしまったら結構な値段になるけれども、自分たちで作っているんだから材料費のみよね。コスパが最高ね本当に。

「これは、白よね」

「ですよね」

ここに個性は必要ない。かといって無機質な黒では重過ぎるし、ステンレスのままでは存在自体が作品のようになってしまって邪魔になる。

白に塗ってしまう。

両方の壁際には、白い板がならんでいる。きちんと設置しているわけじゃなく、ただ無造作に置いてあったり、立て掛けてあったり。

「あれは、絵なんかを展示するときのウォールね」

「そうっす」

元はただのベニヤ板。その合板。

コンパネと呼ばれるよく工事現場で使われる板ね。全部白く塗ってあるから、中を明るくする要素になっているし、汚いままの工場の壁を隠す役目も果たしている。

「角柱とかも作る予定かしら」

ベニヤで作るただの四角柱。

「作った方がいいすかね」

「壁がでこぼこしていた方がリズムが生まれるし、どのみち何か立体物を展示するときには使うでしょう？　だったらいろいろな長さのものを作って、壁際に置いておけばいいんじゃない？」

「じゃあ、低めの展示台もついでに作っておけばいいっすね」

「中を空けておけば、臨時のカウンター兼荷物置き場にもなるわ」

「やりましょう」

壁際に、白い箱と板が躍るように並ぶことになる。その手のアーティストにとってはそれを組み合わせるだけで作品にもなる。

「壁も、あれで充分《じゅうぶん》よね。もしもウォールを全部作品展示に使って、元々の壁が出るようなら、カーテンにしましょうよ」

「カーテンっすか」

「それも、この高い天井の上から床まで届くようなカーテン。作るの大変だろうけど」

「いや、いいっすね。風に揺れるような薄いものでいいっすよね」

「その方がいいわ。なんだったら、明かり取りの窓のところはドレープのようにしていけば、生地《きじ》の節約になるかも」

「やりますよ」

「いいわね」

これだけ広いと、どれだけいろんな物を置いても、適当に置いたとしてもそれだけで絵になっていくから。

場は、大切。

文字を読ませるだけの芸術ならば、現実の場は必要ないけれども。でも、こういう場所を見てしまうと、文字通り絵心をくすぐられる。

ここに飾るにふさわしい絵はどんなものかと考えてしまう。たとえば天井から吊り下げるような巨大なカンバスに何が描けるだろう、何を描いたらふさわしいだろう、などと考えてしまう。

生きているうちに、ここで個展ができないものかしら。

でも、ここに置くような大きな作品なんか、とても今から描くのは無理そうね。そもそも大きな作品なんかせいぜい四〇号ぐらいしか描いたことないのに。

「これは、バーのカウンター？」

「そうっす」

「凄《すご》くいいものね」

木製のカウンター。

横幅が七メートルぐらいもあり大きくてそして背が高い。小柄な人なら首のところにカウンターが来ちゃうぐらい高い。

「これ、ひょっとしてアンティークなんですか」

「そう、すっげえいいよね。イギリスのものなんだ。どこかの邸宅にあったものらしいけど」

「最高ですね」

輸入するだけで結構な金額になりそうだったけれども、知り合いになったアンティークショップの協力で、かなりいろんなものを安く調達できたって。

「これはね、今も仮で置いてあるけど、キャスター付きの板」

「そのまま、自由に場所を移動できるようにするわけね」

「そうっす」

バーカウンターとしてどん！　と設置してしまうと、邪魔になるときだってあるでしょう。移動できるなら絶対にその方がいい。

「重いでしょう？」

「大丈夫だよ。動かすときは、ほらあれで動かすから」

あぁ、なるほど。どういう名前かは知らないけれど、営業の人が自動販売機を一人で移動させているようなやつね。フォークリフトの簡易版みたいなもの。

あれなら一人でも操作できるのね。

「でもこんなに長いのに」

「実はこれ見た目は一台のカウンターっすけど、三分割になるんですよ。なので、大丈夫です」

「それじゃあ、ボトルを並べる棚もガラス棚など使わないで、アーリーアメリカン風に全部木で作った方がいいわね。一緒に移動できた方がやりやすいでしょう」

「移動中に割れたりしないようにですね」

もちろん、そう。

「そして、このカウンターも塗り直す？」

今は、薄いブラウンね。ほとんどベージュと言ってもいいぐらいの薄さ。ひょっとしたら長い年月で色褪《いろあ》せてしまったのかもしれない。

「このままでもいいんすけどね。塗り直した方が映《は》えるなら、塗るんですけど」

簡単に考えるのなら、あえて真っ白にするという手もあるけれど。

「それじゃあ安っぽいブティックみたいになってしまいかねないわね」

「あー、なるほど」

白を考えていたわねタロウ。

「白でもいいけれど」

「反対に思いっ切り似合いそうもない真っ赤にするとかはどうなんですか？」

まひろちゃんが言う。確かにその方向もあるのだけれど。

「このカウンターの存在感からして、そっちの方向に行っちゃうと空間の中で死んじゃうわね。まるで商品みたいになってしまうから、ここは全部ブラウン系、焦《こ》げ茶《ちゃ》にすると良いわ」

「深い褐色っすか」

「深い、ね」

アースカラーのブラウン。

「できれば、うんと重い色合いの方がいい。まるでそこだけ大地に根を生《は》やしてカウンターが存在しているかのように」

「なるほどっすね」

存在感があるのなら、この広い空間でそのままその存在感を生《い》かす。

「アクセントはベージュ色で。たとえば酒瓶を並べるところの壁はベージュにするの。ネオンカラーでグリーンのラインをどこかに入れるといいわ」

「ネオンカラーか！」

そう、ネオンカラー。

「もしもこのカウンター周《まわ》りにネオン管なんかをつけるのなら、赤系でも充分映える」

「ネオンですか？」

「そう、どうせ営業は夜だし、昼間のネオンカラーは光で死ぬからちょうどいい感じになるわ」

まひろちゃんが顔を顰《しか》める。

「私、そういう系統の成分が自分にまったくないことがよくわかりました」

そんなことないわ。

「ちょっと勉強したら身に付くわよ」

そんなに難しいものじゃない。

「いろいろ見ているはずなのに、それを自分の中で消化していないだけ。だって、アースカラーのブラウンにするのよ？　植物のグリーンがそこで映えないわけないじゃない」

「そうか、そうですね」

ネオンカラーにするのは、普通のグリーンにしちゃうとそれは本当にただの茶と緑になってしまうから。

こういう場なのだから、ネオンカラーという方向に持っていった方がいい。

「じゃあステージに使うのも」

「アースブラウンね。多少明るいものにした方がいいかも。どうせステージには照明が入るだろうし、色が飛んじゃうから」

正直、そこは何色でも眼に入らなくなってくるから。

「良いわ」

眼に浮かんでくる。

素晴らしい空間。

「それでさ、まひろちゃん」

「はい」

タロウが、何だか嬉しそうに笑みを浮かべる。

「ここで披露宴《ひろうえん》だけじゃなくて、結婚式もやるけどさ。まぁ当然ヴァージン・ロードは作るだろ？　真っ赤な緋毛氈《ひもうせん》敷《し》いてさ」

ヴァージン・ロード。

まひろちゃんが、ちょっと含羞《はにか》んで首を傾げた。披露宴をやろうという話になって、それならお金を掛けずにここで人前結婚式でいいんじゃないかって話になったのよね。

柊也もまひろちゃんも、むしろその方がいいって。たくさんの友人たちや皆さんの前で、永遠の愛を誓《ちか》う。

「まぁ、たぶんやると思いますけれど」

「達明《たつあき》が張り切ってたわよね。父親と名乗るのもおこがましいけれど、ぜひやりたいって」

「お母さんも一緒にって言ってました」

「いいじゃないの」

夫婦揃って、娘を送り出すの。むしろその方が自然よね。

「でさ、ゴンドラやらねぇ？」

「ゴンドラ？」

「ゴンドラ？」

あの、昔に流行《はや》った派手な結婚式場の？

「ゴンドラに乗って上から下《お》りてくるってやつ？」

「え、そんなのあるんですか」

あったのよ。今はどうなのか全然わからないけれども。タロウはよくそんなの知ってたわね。

「や、ここクレーンがあるからさ」

「あぁ」

あるわね。工業用の重さ何トンでも吊り下げられそうなやつが。

「せっかくあるんだから活用したいなって。ちゃんとした人が乗れるものは作るからさ。どう？」

「どうって」

楽しんでるわねタロウ。

「帰って、柊也さんと検討してみます」

意外といいかもしれないわね。どうせ着替えるのは二階に作る予定の部屋になるんだろうから、そこからゴンドラで下りてくるのも。

何だか、本当に楽しみだわ。

十一　わたしのいえ

松の内が明《あ》けて世の中が動き出し、いつもの暮らしに戻り始めた途端《とたん》に雪が降ってしまって。こんなにも雪が降り積もるのは随分《ずいぶん》と久しぶりのことで、ニュースでは交通機関が乱れ、困っている人たちの姿がたくさん。滅多《めった》にないことだけれども、こういうときには勤め人でないことが申し訳なくなってしまうわね。外に出る用事がなければ、積もった雪を愛《め》でて雪景色もいいわね、なんて思っているだけなのだから。

でも、私が小さい頃にはこれぐらいの雪が降って積もることは、年に何度かあったのだけれどもね。雪見障子とか、今はほとんど見かけることがないし我が家にあったものも取り外《はず》してしまったけれども、あちこちの家にあったものよ。

温暖化とか異常気象とか、そういうもの。

何か私たちのような長く生きてきた年寄りが起こしてしまったらしい、大きな問題の解決を、これからも生きていく若い人たちに押し付けるようになっているので気が引けることもあるわね。

問題が大きすぎて考えても詮無《せんな》いことなのだろうし、そもそも私にはもう考えて行動する時間もないわね。

まぁでも、仮に若い頃にそういうものに気づいたとしても、そのために何か行動を起こすような人間じゃなかったわね私は。

自分勝手に生きてきた。

人様に迷惑を掛けるようなことはしてこなかったつもりだけれども、社会のためにとか、未来のために、なんてことはこれっぽっちも考えていなかった。

ただ、自分が作ってきたもので、同じ時代を生きていく誰かがなぐさめられたら、楽しんでもらえたら、喜んでもらえたらいい。そうすれば、幸せを感じる人が少しでも増えるだろうと。

芸術は、どんなものであろうと、娯楽。

音楽もアートも小説も詩も映画も、この世に生み出される芸術は何もかも、人を楽しませるためのもの。それだけのもの。

楽しくしたかったのよね。自分を、他人を、この世を。

一緒に同時代を生きていく人たちのために。

もっと、何万人も何十万人も何百万人もの人たちに、私の創作で喜んでもらえたなら本当に良かったのだけれども、残念ながらそれほどの才能はなかったみたいで。

才能のある人たちは確かにいるし、そういう人たちを羨《うらや》んだりはしないけれども、もしも私にそんな才能があったのならば、もう少しいい世の中を作るために、何か行動できたのかもと思う。

なんだか、そんなようなことをあれこれ考えるときが増えてきている。

外に出ることが減ったせいね。家の中にいることが増えてしまった。そもそもが家にいてずっと何かを作っている生活だったけれども、今はそれも減っている。減らしてしまったせいかしらね。


雪が降り積もった二日後の、一月十五日。

タロウの〈ホール〉のオープンの日。

そして、柊也《しゅうや》とまひろちゃんの結婚式の日。

オープンの日と言いながらも結婚式とその後の披露宴で貸し切りになってしまっているので、実質的には明日が〈ホール〉のオープンなのよね。

〈ホール〉は、ギャラリーであり、ライブホールであり、そしてカフェとバーでもある。なので、営業時間は午前十時から午後十一時までと長い。

そしてタロウ個人の住み処《すみか》であり、ユニットたちの工房でもあるから、常に人がいて何かしら制作や製作をしている現場でもあるのがおもしろいのよね。

まだ本格稼働していないけれども、たとえば午前十時にギャラリーに作品を見に来た人は、奥で大きな音がしているのがわかるかもしれない。

タロウたちが作品を造っているのだから。

望めばその現場を見学することもできるし、そのままタロウたちがお昼ご飯をカウンターで食べるときに、コーヒーや食事を注文して一緒に食べることもできる。話をすることもできる。ライブが入っている日には夕方からお客さんが入り始める。始まるまでの間に、たくさんの作品を見ながら待つこともできる。もちろん、バーカウンターでお酒を一杯飲むこともできる。

とてもおもしろい場所になった、なっていくと思う。

〈ホール〉の本当のオープンも待ち遠しいけれども、今日は結婚式と披露宴に参列する人たちだけが入ってこられる日。

積もった雪を少し心配したけれどこの日までにはすっかり融《と》けてしまって、お天気もまるで祝福するかのように快晴。

長い人生の中でいろいろな結婚式に出てきたけれども、本当の意味での純粋な人前結婚式は初めてね。神父さんも牧師さんも神主さんも、もちろん和尚さんもいない結婚式。そもそも結婚式を本職の仕事とするスタッフさえいない。

すべてが、文字通りの手作り。

さすがにまひろちゃんのウエディングドレスと柊也のタキシードは業者さんから借りてきたし、披露パーティの料理やケーキはケータリングの専門のところに頼んだ。けれども、本当にそれだけ。

着付けやヘアメイクも、会場になった〈ホール〉を飾る花もヴァージン・ロードも、タロウのアーティスト仲間が全部取り仕切った。

入った瞬間に、なんて素敵な会場になったのかと驚いてしまった。

まるで天から降り注ぐように飾られたたくさんの白い花、吊るされた大きなタペストリー、効果的に配置されたステンドグラス、ずらりと並んだ銀の燭台《しょくだい》に蠟燭《ろうそく》。

そもその〈ホール〉に漂《ただよ》うアートの感覚をそのまま生かして、神聖ささえ感じさせる結婚式場の雰囲気《ふんいき》を作り上げている。才能あるアーティストたちが本気を出して演出した結婚式の式場は、こんなにも素晴らしいものになるという見本のような出来栄え。

感嘆してしまった。本当に。

こんな結婚式ができるのなら、もう一度生まれ変わって結婚というものをしてもいいかもと思ったし、何だったらここを結婚式場として皆で商売してもいいんじゃないかしらって。それぐらいの、素晴らしい完成度だった。

ホールなんだから、そういう使い方も充分《じゅうぶん》ありだと思う。こんなにも優れた美的感覚を持ったアーティストたちがプロデュースしてくれる結婚式なんて、その辺の式場には絶対にないものが作っていけるわ。

参列者は、まひろちゃんの両親である達明《たつあき》とひろみさん。

もちろん、私。

柊也の母親の実里《みのり》さん。

達明とひろみさん、そして実里さんは札幌《さっぽろ》市と旭川《あさひかわ》市だから、せっかくだからと待ち合わせて一緒の飛行機でやってきた。互いに、新郎新婦の親として親戚になったわけだし、同じ北海道だし。

いいお付き合いができるわよね。

そして実の祖父母である西野忠親《にしのただちか》さんと駒子《こまこ》さん。来たときから、ずっと眼を潤《うる》ませていた。まさか、実の孫の結婚式に出られるなんて思ってもみなかったと。もうこれでいつ死んでもいいなんて言っていたけれど、今度は曾孫《ひまご》の顔を見るまで長生きできるわきっと。

まひろちゃんが実の母親の量子《りょうこ》さんに会えるきっかけを作り、今は柊也の雇用主《こようぬし》でもある黒田《くろだ》さんも来てくれた。ある意味では私もまひろさんの父親になるんですよね、というのがお決まりのジョークになっているのよ。まひろちゃんも、父親がたくさんできて嬉《うれ》しいって笑っている。

祐子《ゆうこ》ちゃんに、駿一《しゅんいち》。

まひろちゃんの担当編集でもある水島《みずしま》さん。

タロウのお兄さんとお義姉《ねえ》さんである山田幸介《やまだこうすけ》さんとあかりさん、その息子でタロウの甥っ子《おいっこ》の敬《たかし》さんも来てくれた。

その他にも、まひろちゃんの高校の同級生の仲良したちに、柊也の大学時代の友人たちと、会社の同僚たち。

ヤヨイちゃんたち〈ホール〉のスタッフに、タロウと一緒にここを作ったアーティストたち。

こぢんまりとした式になったけれども、参列した全員が心からの祝福と、二人のこれからの人生に幸多かれと祈っていた。それが伝わってくる式。

誓《ちか》いの言葉は、二人で皆の前に立って。

昔に私が書いた一編の詩を、まひろちゃんが自分の言葉にして書いた誓いの言葉。

愛というものは
ひとりひとりで
色がちがうもの
ふたりで感じた愛は
色がかさなるもの
いつまでもどこまでも　その色が濁らぬように
透明な色を重ね合い
深い愛を重ね合い
ふたりで　歩き続けることを　皆さんの前で誓います

披露宴でタロウがやってみたかったというゴンドラは、結局安全性の面からお勧《すす》めしかねるとスタッフから声が出て、その代わりにと大きなウエディングケーキが天井から下《お》りてくるという演出になったみたいね。それはそれで、楽しかったけれども。

楽しくて、嬉しくて。

ずっと私は笑顔だった。

こんなにも素敵な式に出られて、しかもそれは自分の孫と、我が家にやってきて長年住み続けた若者の結婚式。

夫婦になった二人の縁結びに一役買えたというのは、私の人生も捨てたもんじゃないわねって。

＊

新婚旅行は、一週間。

まひろちゃんはフリーなのだから何泊でもできるし、柊也は休日と有給休暇を消化する形で一週間取ってフランスへ。

二人とも、ヨーロッパへ行きたかったんですって。どこにするかを迷ったのだけれど、フランス、パリにした。

行きたいところが山ほどあるので、宿泊は全部パリにして、そこからあちこちを巡るすべてフリーの旅。

二人ともフランス語ができるわけじゃないけれど、英語はなんとかなるみたいだし、水島さんがパリに住む知人を介して、日本語にも堪能《たんのう》なガイドを探してくれた。そこの予算ぐらいは、私が面倒を見る。

ただの旅行だったとしても、若いうちに違う国の空気を感じてくることは大いにやるべきだと思う。私自身、まぁお勧めはしない経緯《けいい》だったけれども、十代の頃に外国で暮らしたことは、その後の生き方を決定づけたものだったと思ってる。

外国だからいいってわけでもないし、国内旅行だってしないよりはした方がいい。生まれたところと違う場所でいろんなものを見たり感じたりすることは、本当にやっておくべきこと。そういう意味では学校に通って、修学旅行なんていうものだけでもいいのよ。あれはいい行事だと思う。

その間、祐子ちゃんがうちに泊まりに来てくれている。

そんな心配しなくても大丈夫と言ったのだけれども、そうしてもらうことでまひろちゃんと柊也が心置きなくハネムーンを楽しめるのだろうから、しょうがないわね。

もう祐子ちゃんがいなくなって何ヶ月も経《た》つけれども、まだ祐子ちゃんが〈泊まりに来る〉という感覚が私の中にない。

そもそも祐子ちゃんはこの家にいるときも顔を合わせない日だってあったから。

しばらく顔を見なくても、この家に祐子ちゃんがいない、という感覚が生まれてこないのかもしれない。

「そう？」

「そうよ」

「私はもうすっかり向こうの家に感覚が馴染《なじ》んじゃったわ。ここに泊まりに来るのが楽しみだったもの」

それはまぁ良かったわ。楽しんでもらえるようで。

「二階もいい感じになったわね。新婚さんの部屋っぽい」

並んでいた部屋の壁を壊してドアだけをつけて、二間続きにした。

まひろちゃんと柊也の部屋。

本格的な改装も考えてはいるのだけれど、それはまたいずれにしようと。二人の赤ちゃんができるようなら、たとえば二階に小さな台所や、ひょっとしたらトイレなんかの水回りを付けたりと本当に考えなきゃならないだろうけど、それまではこれで充分だと。

一部屋は二人の居間で、ドアの向こうは寝室。まひろちゃんの仕事の部屋は一階にあるし、柊也が家で仕事するならば今まで住んでいた部屋でやればいいからと、そうしている。

私としては、二人の子供も見たいなぁと思っているけれど、それはやはり二人の間のことだから口にはしない。

まだ充分若いし、二人だけの暮らしを楽しみたいだろうし。

「でもねぇ、もう何十年ぶりかでマンションなんかに住むとダメね」

「何が駄目なの」

「音が気になっちゃって」

あぁ、音ね。

「周《まわ》りが全部他人の家だからでしょう」

「それね」

マンションは、そう。天辺《てっぺん》の部屋に住んでいるのならともかくも、上下左右に他人の家がある。

「わかってはいたし、そんなに安普請《やすぶしん》のマンションじゃないんだからいろんな音が聞こえてうるさいってわけじゃないの。なんていうか、音の気配《けはい》よね」

「音の気配ね」

人が住んでいれば、そこにいるのなら気配が生まれる。それはよくわかる。そして音を立てなくてもそこで生活していれば、何かしらのものを感じてしまう。

ましてや祐子ちゃんはミュージシャンだから、余計に音には反応してしまうのかもしれない。

「ここなら、誰が立てた音かすぐわかるわけよ。あれはタロウの音、あれは柊也であれはまひろちゃん。でも向こうではそれが誰なんだかどこからなんだかわからなくてね。慣れればなんてことなくなるんだろうけど、もうちょっとかかりそうね」

「長年一軒家に住むとそうなるわよね」

一軒家で聞こえてくるのは、外の音。せいぜいが家鳴り。どちらも人の生活の音じゃないから。

「家っていえば、達明、家を新築するのを決めたんでしょ？」

「そうするって言ってたわ」

札幌の今の借家はとても気に入ってるし、そのまま購入しても良かったのだけれど、やはり向こうの持ち主さんの子供たちが、家を残してほしいという話になったみたい。

「子供たちにそう言われちゃあね」

「でも、かえって良かったと思うわよ。今の借家は基本が子供たちがいる家族向けの家だから」

達明とひろみさんは、子供を作る気はもうない。二人だけで、ずっとこれからの人生を歩んでいく。

「だったら、夫婦二人で暮らすという自分たちのスタイルにあった家を建てればいいのだから」

「まぁそうね」

その方がいいに決まってる。二人だけなら、たとえば平屋でも充分。二階建てにして年を取ったら全然二階にいかなくなる、なんていうこともない。

「で、どの辺にするか決めたの？　札幌？」

「千歳《ちとせ》市ですって」

「千歳市って、空港のあるところよね」

そう、北海道の空の玄関口である新千歳空港のある市。

「便利なところらしいわよ。もちろん空港があるから東京に来るのも帰るのも楽になるし、大手の工場とかもたくさんあるところで人口も多いし、お店なんかも揃ってるしで人気のあるところですって」

「東京から一時間半だもんね。近いわよ」

何よりも土地も札幌に比べたらそんなには高くないので、充分に立派な家を建てられる。札幌にだって、車で小一時間、ＪＲなら四十分ぐらいって言っていたわね。

「完成したら北海道旅行で泊まりに行こうかしら。駿一と」

「あら、いいじゃない。駿一もきっと行きたがるわよ」

仲の良い従兄弟同士。

「祐子ちゃん、駿一と暮らし始めてから、少し変わったのよね」

着る服とかお化粧とか、随分《ずいぶん》シンプルになっていっている。

「そう？　あー、でもそうかもね」

「やっぱり誰かと暮らすと変わるものね」

この家でも皆とは暮らしていたけれども、夫となった人と暮らすというのは、それとはまるで違う意味合いだから。

「店の〈ママ〉っていう看板を下ろしちゃったのもあるだろうし、あとはまぁ駿一と二人で動くことも多いとね。自然とそうなるのかも」

そういうものよね。

良い悪いじゃなくて、隣に並んだ人によって、男も女も変わっていくもの。むしろ変わらないと一緒になった意味がないかもしれない。

「もうずっと二人で暮らしていけそう？」

「そのつもりで一緒になったんだから、もちろん。数々の失敗と悔《く》いをしてきましたので、もうそれは繰《く》り返《かえ》しません」

笑った。

「まぁでも、まだ二十年や三十年生きるんだから、失敗も悔いもあるわよ」

祐子ちゃんが、小さく頷《うなず》いた後に、少し考えるような表情をする。

「なに？」

「縁起でもないけれど、からさん、どう？　自伝を読んだときにもちょっと考えたんだけれど、自分の人生を振り返って、大きな悔いとかあった？」

あぁ、そうね。

祐子ちゃんのことを考えるより、もう残り少ない自分の人生についてね。

「それは」

確かに自伝を、まひろちゃんと話しながら作っているときにも考えていたけれども。

「あのマンガの台詞《せりふ》じゃないけれどもね」

「マンガ？」

「今、ここでコロッと死んじゃったとしても、我が生涯に一片の悔いもないわね」

また笑ってしまった。

ネタにもなってしまっている台詞だけれども、一度は言ってみたい台詞かもしれないわね。言ったけれども。

「本当ぉ？」

「本当よ」

何にも、ない。

「そもそも悔いって、後悔って、あのときああいうことをしなければ良かった、という思いじゃないの？」

「そうね」

「それって、ものすごく重い思いなのよ。軽々しく悔いが残るなんて言えないと思うのよ。要するにそれは選択を間違ったってことになるんだろうけれども、間違ったかどうかなんて一生わからないじゃないの」

祐子ちゃんが、んー、って考える。

「そうね。今ここでこうしているってことは、数々の選択の結果なんだから、悔いがあるとしたら今この瞬間を自分で否定しちゃうってことになるのね」

そういうこと。

「今の自分を否定するって、ものすごく重いことよ。だから、極端な話だけれども、選択に悔いを感じるのは、刑務所に入ってしまった人とかが言うってことになるんじゃないのかしらね」

あー、って祐子ちゃんが声を出す。

「それは、辛《つら》いわよね。たとえば人身事故を起こして刑務所に入っちゃったなんてなっていたら、まさしく悔いよね。あのときああしていればって思うわよね」

そういうものよ。

「だから、たとえば、あのときあの子に告白していれば今ごろあの人と結婚して、なんていうのは、決して悔いじゃないわよね。そして失敗でもない。ただの思い出よ」

そんな思い出ならば、山ほどあるけれど、決して悔いではない。

「そうね。そういう意味では、私も私の人生に一片の悔いもないわ」

「でしょう?」

思い出は、たくさんある。

辛いことも、悲しいことも、嫌なことも、山ほどある。

それを全部悔いだなんて思ったら、今の自分を全部否定してしまうようなことになってしまう。

いろんなことが、そういうことが、たくさんあって、その全ての思い出を抱えてここまで生きて来た。

その結果今の自分がある。それで、いい。

それが、私の人生になっている。悔いなどひとつもない。

「まぁあるとしたら」

「あるの?」

「もっと良い男を捉《つか》まえられたかもしれないわってところかしらね」

笑った。

「それは私もそうね」

冗談だけれどもね。もっと良い男を捉まえていたのなら、ひょっとしたらまひろちゃんにも会えなかった。タロウにも柊也にも。

今ここにいられなかったかもしれない。

今の自分が、いい。

だから、悔いなどない。そういう人生を送れてきたことに、感謝してる。誰かに感謝できるものならば。

「ハネムーンから帰ってきたら、皆でご飯を食べるんでしょう？」

「そう、祐子ちゃんもタロウも呼んでね」

お土産《みやげ》をたくさん買ってくるからって。それを皆で楽しみながら、ここでご飯を食べましょうって決めている。

＊

もう、まひろちゃんと柊也との三人の日々が、この家での暮らしのあたりまえになってしまった。

そのあたりまえの日々が、いつまで続けられるか。

柊也は毎日きちんと会社に通い、大体は晩ご飯に間に合うように帰ってくる。同僚とお酒を飲みに行ったりとかもほとんどない。そもそもお酒をあまり飲まないから。

まひろちゃんは、きちんと私のマネージャーと、ライターの二足のわらじをこなしている。もっとも、私のマネージメントの仕事の分量はほとんどないので、私の世話をすることがほとんど。主婦とライターの二足のわらじと言った方がいいのかも。

柊也が、出張でいない夜がある。

晩ご飯を食べて、お風呂に入るともう何もできなくなってくる日が増えている。ベッドに横になると、そのまま眠ってしまうことも。

体力は、どんどんなくなっていく。気力があれば、外へでかけるような用事があって人に会っているときには感じないのだけれども。こうして、家の中にいるだけの日が続くと、それがはっきりとわかる。かといって、用事を作ってしまうと、行って帰ってくるだけでもう何もできなくなって、たちまちのうちにベッドに横になってしまう。

病人のジレンマみたいになってきたわね。あるいは、RPGゲームのHPとMPかしら。どちらもなくなってしまうと困るから、そのバランスを上手《うま》い具合に取って行く毎日。

まひろちゃんに、寝る前に歯磨《はみが》きはきちんとしましょうって言われて、近頃はお風呂に入ったらすぐに歯磨きをしてしまう。

その後に映画を観ながらコーヒーとか飲めなくなってしまうから、調子が良いときにはしないのだけれど。

今日は、調子が良い。

お風呂に入っても、身体《からだ》も心も動く。そんな日にはまひろちゃんと、柊也もいれば一緒にだけれど、映画を観たり、仕事の話をしたり。

二人で、物語の話をすることもあるの。

こんなアイデアがあるのだけれど。こんな物語はおもしろいかしら。あのドラマのあの設定で、こんなストーリーを組んだらどうかしら。

その設定だったら、ドラマ化したらあの俳優ね、とか。

楽しいのよ。私じゃもう無理だろうから、まひろちゃんも小説を書けばいいのに、と思っている。きっと書けるはず。

何かのきっかけが必要かなとも思う。たとえば、自分のことを書いてみればどうかと。そして、私と出会ってから起こったことも含めて。

リアルをフィクションにしていく。

小説家なんて概《おおむ》ね自分の人生を切り売りするような商売なのだから。それをやらせてみてもいいんじゃないかと。

言うと、微笑《ほほえ》んで、うーんと唸《うな》る。

「じゃあ、タイトルは『からさんの家』ですね」

まひろちゃんが言う。

「いいわね」

私の家。まひろちゃんの家。

私とまひろちゃんが出会った家。

まひろちゃんと柊也が出会ったこの家。

この家の話。

「からさん」

「なに？」

「家で思い出したんですけど、からさんのベッド、替えましょうか」

ベッド？

「特に不満はないけれど？」

マットがへたっていることもないし。

「介護用にもなる、電動のものすごくカッコいいベッドにです」

あぁ、そうか。

「マットが動いて背もたれになるやつね。ウィーンって電動で持ち上がってきて」

「そうですそうです。その他にも、ベッドサイドテーブルとか付いていて、そのままベッドで書き物だってできるような」

なるほど、そっちのベッドね。

「そうね」

そういうものが、必要になるのかしら。なるのじゃなくて、もう今から必要かしら。

「あぁでもあれよ。ベッドサイドテーブルって、狭くて、MacBookぐらいしか置けないじゃない？ そうすると、もう画面ちっちゃくて見えないから、iMacかモニターを置けるようにしてもらわないと」

「できますよきっと。既製品じゃなくて、柊也さんに図面引いてもらって、ベッドに合わせてそういうテーブルを作ってもらえばいいんですよ」

その手があったわね。

「そしてあれね、わざわざ台所まで起きていかなくても、そこでご飯も食べられるようになるといいわね」

いいえ、ってまひろちゃんが手をひらひらさせる。

「起きてこられるなら起きた方がいいに決まっています。そこはもう絶対に。けれども、いざというときにはそうもすることもかなうように」

「そうね」

「寝たきりになると急にガクッと来るって聞きますから、できるだけきちんと起きて、きちんと寝るという生活はした方がいいです」

それも、その通りね。

「急にガクンと来ちゃって、皆にバタバタと準備させるよりはいいかもしれないわね」

ベッドを替えるだけなら、業者さんがやってくれるだろうから大して手間も掛からないだろうし。

「ねぇ、それならね、家の中もバリアフリーになるようにしない？」

「いいですね。敷居《しきい》とかもなくしちゃって、段差のないようにしましょう。二階へ自動で昇る昇降機もあるそうですよ」

昇降機。

「それはいらないわよ。二階はもうあなたたちの部屋で、私なんかもう全然行かないんだから。それよりもお風呂じゃないの？」

「あ、お風呂ですね」

うんうんって頷く。

「いつまでも一人で入れるように。あるいは滑って転んだりしないように、転んでも大したことないように。その辺《あた》りはあれかしら、柊也は専門外かしらね」

「そんなことないですよきっと。建築設計士なんですから何とかしますよ。ちょっと昔ながらのお風呂の風情《ふぜい》はなくなるかもしれないですけど、今はタイルの床も滑らないような素材のものがあるはずだし」

「そうよね」

思っていた。年寄りも確かにタイルの床だと滑るけれども、子供だって滑る。随分昔に銭湯で走って転んでいる子供を見たことあるから。

二人の子供ができたら、風呂場で転ばないか草葉の陰からでも心配になってしまうかもしれないから。

「しましょう。この際全部やっちゃいましょう。からさんの家をバージョンアップしましょう」

私がいなくなっても。

「柊也やまひろちゃんにとっても、便利になるようにね」

私の家を、二人の家に。

繋《つな》げていくように。

（完）

初出
「読楽」２０２２年４月号〜２０２３年１月号、３月号。
連載時の原稿に加筆修正し、収録いたしました。

からさんの家

伽羅の章

2023年9月30日　初刷

著　　者　小路幸也

発 行 者　小宮英行
発 行 所　株式会社徳間書店
〒141-8202　東京都品川区上大崎3－1－1
目黒セントラルスクエア
電話　編集 (03)5403-4349
販売 (049)293-5521
振替　00140-0-44392

本文印刷　本郷印刷株式会社
カバー印刷　真生印刷株式会社
製　　本　ナショナル製本協同組合

ISBN978－4－19－865693－5